日常的金字塔 写诗入门十一阶

黄梵 著

江苏凤凰文艺出版社

图书在版编目（CIP）数据

日常的金字塔：写诗入门十一阶 / 黄梵著. --
南京：江苏凤凰文艺出版社，2025. 3. -- ISBN 978-7
-5594-9242-5

Ⅰ. I207.21

中国国家版本馆CIP数据核字第2024PZ2625号

日常的金字塔：写诗入门十一阶

黄梵　著

出 版 人	张在健
策划编辑	于奎潮
责任编辑	孙楚楚
特约编辑	王婉君
装帧设计	薛顾璨
责任印制	杨　丹
出版发行	江苏凤凰文艺出版社
	南京市中央路165号，邮编：210009
出版社网址	http://www.jswenyi.com
印　　刷	苏州市越洋印刷有限公司
开　　本	787毫米×1092毫米　1/32
印　　张	7.5
字　　数	120千字
版　　次	2025年3月第1版
印　　次	2025年3月第1次印刷
书　　号	ISBN 978-7-5594-9242-5
定　　价	68.00元

（江苏凤凰文艺版图书凡印刷、装订错误，可向出版社调换，联系电话 025-83280257）

目 录

第一阶　诗意的真相　　　　　　001

第二阶　新诗的基因　　　　　　027

第三阶　主观意象与客观意象　　049

第四阶　主观意象的营造　　　　069

第五阶　错搭模式　　　　　　　089

第六阶　三个底层逻辑　　　　　105

第七阶　客观意象染色法　　　　127

第八阶　平衡之道　　　　　　　147

第九阶　新诗的形式　　　　　　171

第十阶　现代隐喻和象征　　　　199

第十一阶　新诗的结构　　　　　217

第一阶 诗意的真相

这是系列诗歌课程的第一课,我想首先来谈诗意的问题。诗意是诗的核心问题,要是没有诗意,诗歌就不成立。

也许有人会说,我只要有情感或思想,写出来的就是诗。如果真是这样,成千上万的人并不缺乏情感和思想,可是一旦付诸笔端,多数人写出来的只是诗歌的材料,而不是诗。问题就出在表达上,他们的表达固然传递出了情感或思想,但并没有传递出诗意。举个例子,一个深陷情网的人,如果只是这样表达自己的情感:我非常爱你,没有你我活不下去。尽管情感是真实的,却不是诗歌,只是情感表达。如果他换一种表达:我的爱就像北斗,它串起星星的糖葫芦,每晚递给你。这句话就有一点诗的味道了,这是因为它包含了一点诗意。哪怕他说"我爱你六十次方",也比"我爱你"要有诗意。我再举个例子,如果你这样表达思想:我发现,亲情里面也藏着私心。这句话固然表达了你的看法,但并无诗意,并不能当诗句看待。如果你换一种表达方式,比如你说"爱也是甜蜜的囚笼,或亲密的恨",就比刚才那句话要有诗意了,就可以当诗句看待。所以,写诗的重点不在你有无情感或思想,而在你能否用诗意的方式,来表达情感或思想。

诗意既然如此重要,人们自然就会追问:诗意到底是什么?

说实话,成千上万的书都想直接回答这个问题,学者们给出了关于诗意的种种定义,但总给人隔靴搔痒的感觉。我举最简单的例子,《新华字典》里就有"诗意"的词条,它对诗意下了这样的定义:诗意就是像诗那样表达的美感和意境。你能看出,它没有直接回答什么是诗意,而是把诗意归结为美感和意境。可是,普通人对美感和意境的了解,并不比对诗意的了解更多,也不比对诗意的了解更容易。因为美感和意境,都随时代变化而变化。诗意也如此,每个时代对诗意的理解也不同。这样一来,我们就很难给诗意下一个绝对不变的定义。

你看诗意遭遇的,就是类似"什么是艺术"这样

的难题。英国著名艺术史家贡布里希，为了避免回答"什么是艺术"的问题，用了一个很酷的方法，他宣布：没有艺术，

贡布里希

只有艺术家。他的意思是说，艺术家做的工作就是艺术，不同时代一定都有艺术家，但没有一成不变的艺术。这样他就避免了回答"什么是艺术"。我如果也像贡布里希那样宣布，"只有诗人，没有诗歌"，反正每个时代都有自己的诗人，他们写的东西就是诗歌。这么说虽然很酷，但是对普罗大众了解"什么是诗歌""什么是诗意"并没有帮助。所以，我只能另辟蹊径，找到一种方法，让普罗大众能够就在心里，在他们的生活层面，感知到什么是诗意。我们先来看生活诗意的生成方式。

一旦把目光从书本中收回，投向生活，就会发现，人类千百年来早已在用诗意的方式，为自己的生存服务。对城市白领来讲，日复一日、朝九晚五的生活，时间长了他们会觉得单调乏味，内心渐渐钝化。这时，他们就会想去远方旅行，比如去草原、海边，或乘游轮

去海上。刚来到海上,看着蓝天白云、起伏的波涛、海鸟、鱼类,会觉得样样新鲜,样样浪漫,样样有诗意。如果游客去问水手:你是不是觉得海上的每一天,都很有诗意?水手一定会觉得,这种浪漫的感觉只属于游客,对常年待在游轮上的水手来讲,大海早已让他感到腻味,因为天天见到,过于熟稔而变得腻味。对水手来讲,真正的远方是上岸,希望碰到一座码头,上岸体验几天陆地的生活。陆地的生活才是他们向往的远方,才是他们眼中有诗意的生活。如果水手上岸后的时间太长,比如在陆地待上一年,他是不是又会想念曾感到腻味的大海?可以设想一下,当一个陆地游客在海上待的时间太长,一个月,甚至一年,这个游客肯定又会念叨起陆地生活的好处,一定像水手怀念大海那样,怀念过去厌恶的朝九晚五的生活,对常年漂荡海上的生活,肯定已经厌倦了。游客和水手遭遇的这个问题,实际上就是诗意的问题,也是很多人在爱情中面临的问题。比如刚恋爱的时候,双方都很有激情,可是一旦同居或结婚,爱情就要面对一个挑战:能不能让爱情一直保有新鲜感?这个问题,本质上是能否让爱情一直保有诗意。因为刚恋爱的时候,双方不可能天天腻在一起,总归会保有自己的独立空间,这样在对方眼里,总有一些陌生、神秘的东西,这种距离感、恰当的疏离感,恰恰是让爱情产生诗意的宝藏。

能否看出,这种摆脱熟悉、接触陌生的方式,它的本质就是,用旧的眼睛去看新的事物!大海在水手眼里太熟悉了,该怎么办?那就换掉水手眼睛看到的对象,把水手看到的大海换成陆地,换成码头,水手是不是又有新鲜感了?这种用旧眼睛看新事物的方式,实际上就是普通人,或者说人类千百年来一直采用的创造生活诗意的方式。

比方说,我们过着日复一日的单调乏味的生活,能不能给自己一些盼头呢?人类就为自己发明了一些节日,这些节日有着与普通日子不同的内容。比如,你过节穿的衣服与平时不一样,吃的食物不一样,节日中的生活内容不一样,节日里的仪式和玩赏的内容也不一样。这样一来,就让所有人对节日有一种特别的期盼。节日就相当于富有诗意的远方,我们就会期待节日的来临。节日就相当于把人们眼中的熟悉的旧日,换成了陌生的新日。

再比方说,很多人特别喜欢购物,购物也是把眼睛看到的旧物换成新物。旧的东西用得久了,就不能再给人带来新鲜感,人会感到太熟稔,就想通过购物，换一个新东西。比如，把一件旧衣服弃而不用，换成一件新衣服，那么心情和精神都会得到更新。你会发现，一般来说，女性对购物比男性更着迷，恰恰说明女性是天生的诗意消费者，是天生的审美家，她们在审美上比男性要敏感，更新的需要也强烈。她拥有一个东西以后，没过多久就觉得，因为太熟悉，已经没有了新鲜感，没有了浪漫感，就需要再换一个新东西，来创造一种新的浪漫。旅行也是这样，就是把已经熟悉的旧地，换成陌生的新地。比如，把南京换成西安、乌鲁木齐、巴黎等。

这种创造生活诗意的方式，我把它称作集体诗化。它的特点就是，通过更换眼睛看到的对象，来创造诗意。比方说，大家穿的衣服都是日常服饰，如果有一天，你突然穿一套汉服去上班，别人就会觉得特别有新鲜感，有一种诗意。只是，这种创造诗意的方式，谁都容易想到。因为普通人一想到要摆脱眼前所谓的苟且，都会想到换个地方、换件东西。网上不是流传一句"鸡汤"语吗？"生活不止有眼前的苟且，还有诗和远方"。这句话其实只对了一半。如果你没有一双真正富有诗意的眼睛（后面谈诗歌诗意时会专门谈到），你到了远方，时间待长了，远方又会变成近处。就像刚才我说的,那个去海上的陆地游客,在海上待久了,远方又会变成近处的苟且。这种集体诗化的特点是:任何人只要想到要更换自己的心情,获得浪漫和诗意,就会想到去旅行,去换件衣服,去找陌生人聊天,去过节,等等。你旅行时,碰到一个陌生人,发现能聊得来,那时你会很兴奋,比跟熟人聊天还要兴奋。因为这时候,你聊天的对象由你熟悉的旧人,换成了陌生的新人,你们聊的话题,可能也是熟人没聊过的话题,很有新鲜感。这种集体诗化的好处是谁都能想得到,缺点是没有个性,容易跟别人重样。你能想到,我也能想到,并且代价有点儿高。你要想更换自己的心情,你得买样东西,得把眼睛看到的对象换掉,得换座城市,得换种发型,得换个人,换个日子,等等。这些都需要付出一定的代价,也不及时。如果早晨起来,你想先获得半个小时的诗意感受,再去上班,用这种方式就比较难。你不可能上班前,先去商场买东西或先去旅行。这种集体诗化,一定要摆脱你熟悉的事物,把你眼睛看到的旧事物换成新事物,它才能产生诗意。所以,我们就寻思,能不能不摆脱熟悉,就在熟悉中间创造陌生呢?如果能做到,我们就可以不去远方,就可以在近处创造诗意。如果有,就能更好地为富有个性化的

夕阳

诗意需求服务。

　　这种方法当然有,就是换眼光!我们来看一张夕阳的照片,里面有一轮红彤彤的太阳。如果你看太阳的时候,永远觉得它是太阳,就不会产生诗意。你可不可以把太阳看成别的东西呢?比方说,把它看成是橘子,是红色的相思豆,是红气球,是南瓜,是西红柿,甚至是朱砂痣。如果这样看,诗意立刻就产生了。挪威画家蒙克画过一幅画《呐喊》,我们都知道,鲁迅很喜欢这幅画。《呐喊》的背景就是残霞,可以看到蒙克把残霞画得像血。就是说,在蒙克眼里,残霞不再是残霞,他已经换了眼光看残霞,把它看成红色的鲜

呐喊　[挪威]蒙克

血。蒙克是表现主义者，表现主义者往往有一个受挫的心灵，这样一来，他看到的世界都是残破的。哪怕他置身春天，仍会把春天看成萧瑟的冬天。英语世界有个大诗人叫沃尔科特，他得过诺贝尔文学奖，他写过这样一句诗："大海手持海岬的把手，烹炒了一盘风暴。"他描绘的是海上风暴，这是常见的海上景象，单单这一景象，一般不会在我们内心唤起诗意。可是，沃尔科特换了一个眼光重新看它，换成了厨子炒菜的眼光，重新看待海上风暴。把风暴看成厨子烹炒的一盘菜，把大海看成厨子，把海岬看成把手，这样海上风暴就被诗人看成——厨子握着海岬的把手，在烹炒一盘叫风暴的菜。这样一换眼光，原本平常的海上风

暴,就变得诗意盎然。大诗人阿米亥写过很多换眼光的诗句,比如"月亮,如同一只巨大的水罐,俯身/浇灌我焦渴的睡眠""月亮正把云层锯成两半""爱人把星星做成葡萄干/挂满我的窗户"(刘国鹏译),就是把月亮分别看成水罐、锯子,把星星看成葡萄干。所以,一旦看山不是山,看水不是水的时候,诗意就诞生了,这就是通过换眼光来创造诗意的方式。海南有一条山脉叫五指山,它有五座山峰,如果看五座山峰还是五座山峰,它就不会有诗意。当地人把五座山峰看成是五根手指,叫五指山,诗意就产生了。桂林有一座象鼻山,在当地人眼里,山像大象的鼻子,他们等于用看大象的眼光去看这座山,山就有了陌生的诗意。

换眼光就意味着,你能不能用新的眼光,去看待你熟悉的事物、旧的事物。你会发现,只要换了眼光,原本苟且的生活,你都能从中看出诗意。这就是诗歌诗意的生成方式。我把这种诗化叫作独特诗化,是诗人创作时普遍采用的诗化方式。郑愁予有这样两行诗:"银河在这里曳下了瀑布/撒得满山零碎的星子。"诗人把头顶上空巨大的银河,看成向山野飞泻的瀑布,这样每颗星都被看成水星子,溅满山野。一旦用看瀑布的眼光重新看银河,诗人眼前的山景就为之一变，诗意盎然。这也是诗人创作采用的诗化方式。瑞典诗人特朗斯特罗姆写过一句诗："火车汽笛/飞跑的银白蝙蝠。"(《随想曲》，李笠译)他描绘的是火车汽笛拉响产生的白色蒸汽。他怎么看这团白雾呢？他用看蝙蝠的眼光重新看它，这团白雾就变成了他眼里飞跑的银白蝙蝠。一旦换成看蝙蝠的眼光，重新看这团白

超现实公寓　　[西班牙]达利

色的蒸汽,诗意就产生了。西班牙画家达利画过一幅画,叫《超现实公寓》,画的是一处公寓的景象。可是,这幅画把门帘画得好像是一个人耷拉下来的头发,挂在墙上的两幅画,好像是这个人的双眼,靠在墙边的桌子,好像是这个人的鼻子,放在房中央的沙发,好像是这个人的嘴巴。你发现这处公寓完全像一个人的脸,这是达利创造的双重影像绘画,等于让观众换了看人脸的眼光去看公寓,这幅画立刻就有了别样的诗意。

这种独特诗化有集体诗化没有的优点,就是极富个性,不容易重样。大家都能想到旅行,但你创造的独特诗化,是别人不一定想得到的。你说"太阳是一颗野草莓"(野草莓特别红),别人不一定想得到。同时,它的成本很低,你在房间里就可以完成,在街上也可以随时随地完成。你看到月牙的时候,把月牙看成一张嘴,或玩滑板的U形槽,诗意就诞生了。这种换眼光的方式,非常像小孩子,他们还不太了解世界,看一切都是新奇的。生活之所以在成人眼里变得熟稔、乏味、单调,是因为成人的眼光被生活固化了,他们永远用旧眼光看待周遭的生活,太熟悉了,看得所谓"太阳底下无新事"。如果能换一个眼光,重新看身边的生活,你就好像是那些孩子,就看出了与过去不一样的景象。这种方式非常重要,正是诗歌创造诗意的方式,这种诗意的形式就是,熟悉中的陌生。只要你能创造出"熟悉中的陌生",诗意就会诞生。

我再举一些艺术的例子,来看在艺术作品中,如何在熟悉中创造陌生。星空的图景大家都不陌生。只要离开城市,星空不难见到。面对这样的场景,人们不太会感到有强烈的诗意,尤其是对住在乡村的人来说,星空是他们比较熟悉的景象,陌生感不强烈。凡·高画中的星空,则把常见的星空变成了另一副模样,好像是河流的漩涡。他换了一种眼光看星空,把天空看成是带漩涡的河流,其实那是他内在激情的象征。凡·高是表现主义先驱,所谓表现主义,就是把内

星空 [荷兰]凡·高

白云

心的感受，用变形的外在事物传递出来。因为表现主义者有一颗受挫的心，他们看到的世界就会不正常，所谓"相由心生""心生万物"。这种变了形的星空，就创造出了熟悉中的陌生。再比如，天上的白云是常见的景象，我们对它时常熟视无睹。我们小时候看云时，看着看着会发现，它变成了我们眼中的马、牛、人等。比利时画家马格利特，画过一幅叫《吓人的天气》的画。在他眼里，天上的云变成了什么？变成了人体、铜管乐器、椅子。如果云真能变成这几样东西，很吓人，当然也就很有诗意。罗马尼亚艺术家布朗库西，做过一尊雕塑《新生》。婴儿从母体出来后一般都会哭。

吓人的天气　　［比利时］马格利特

新生　［罗马尼亚］布朗库西

布朗库西雕刻了一张哭泣的大嘴,用来刻画新生儿。因为特别夸张,整张脸只表现哭泣的大嘴这一个特征,完全忽略其他特征,让大嘴横贯整张脸,这尊雕塑就让人觉得既熟悉又陌生。

我再举诗歌的例子,来看在诗歌里怎样换眼光。诗人昌耀有一句诗:"我把微笑的明月/寄给那个年代。"(《慈航》)诗句写的是月牙,诗人是怎样看月牙的呢?他把月牙看成是一张嘴角上翘的嘴。这是昌耀看月牙的眼光,把它看成一张微笑的嘴。其实我们还可以换个眼光重新看它,可以把月牙上下颠倒过来,看成是嘴角向下的嘴,就变成了哭泣的表情。当然,还

月牙

可以把月牙看成耳朵或眉毛等,也都有诗意。瑞典诗人特朗斯特罗姆写过一句诗:"群鸟掠过大海竖起的毛发。"(《礼赞》,李笠译)竖起的毛发指的是海浪,是诗人换了眼光看到的海浪景象。他把海浪看成动物受惊后或紧张时耸起的毛发,就好像岳飞说的"怒发冲冠",毛发都竖起来了。一旦用看毛发竖起来的眼光看海浪,海浪就有了诗意。特朗斯特罗姆还有一句诗:"桥:一只驶过死亡的巨大的铁鸟。"(《1966年》,李笠译)我们熟视无睹的桥,在他眼里变成了一只鸟,是死去的巨大铁鸟。当你用看鸟的眼光,重新看桥,桥立刻就会萌生诗意。我写过一句诗:"蝴蝶是秋天不肯落地的落叶。"蝴蝶是常见之物,我们能不能把蝴蝶看成别的东西呢?当把它看成是一片落叶,它翩翩飞舞,其实不肯落地,想永远飞着。落叶并不想从树上落下来,即使落下来了,也想一直飘在空中。一旦把蝴蝶看成一片不肯落地的落叶,蝴蝶立刻就有了诗意,也能表达落地的宿命和不甘落地的奋争。

生活诗意和诗歌诗意的生成方式,虽然有所不同,但两者的诗意,都有共同不变的形式:熟悉中的陌生。为何不是"陌生中的熟悉"或"熟悉中的熟悉"或"陌生中的陌生"?皆与人类生活和人性悖论有关。

你只需要扪心自问，便可知道，你喜欢多数时候生活在安全中，少数时候可以去冒险，而不是相反。更不会喜欢天天冒险，或天天待在毫无变化的安全中。熟悉意味着安全，陌生意味着冒险。"熟悉中的陌生"体现了人类对安全与冒险尺度的理想把握，即多数时候要安全，少数时候可以冒险。"陌生中的熟悉"或"陌生中的陌生"，提供的是人类不喜欢的生活，即多数时候冒险，甚至天天冒险，少数时候安全，甚至没有一天安全。安全固然为人类看重，但"熟悉中的熟悉"，因为排斥了所有冒险的可能，一味强调安全，造成熟悉的环境一成不变，单调、乏味，这种生活也不是人类向往的。如果再问一句，你为何本能地既追求安全又追求冒险？答案藏在人类的原始生活中。人老待在洞穴中固然安全，但会饿死，老外出冒险固然有吃的，但死亡的风险太大。所以，人只能选择在两者之间平衡，多数时候待在山洞里，少数时候出洞冒险觅食，是为最佳策略。原始生活带给人的烙印，早已铭刻在人性里，即人本能地追求安全又追求冒险。换句话说，人是携带着辩证法的动物。这一人性悖论，会体现在人类创造的一切文化中，概莫能外。比如，加税就意味着安全，通过增加经济的平等性，让人产生你有我也有的安全感；减税就意味着冒险，通过松绑给经济增加自由度，来鼓励商人冒着赔本的风险，开拓市场。人类既需要加税也需要减税，贫富差别太大时，要给富人加税，经济不好时，要减税，加加减减，永远循环往复。诗歌则是人性悖论的极致体现。不同时代的诗意固然不同，但诗意的形式不变，皆为"熟悉中的陌生"，只是每个时代有每个时代的"熟悉中的陌生"。

一旦了解到生活诗意在生活中是如何产生的，以及可以通过换眼光来产生诗歌诗意，我们就触摸到了诗意的本质。我有一句话，是对这个诗歌真相的总结：诗意不来自世界，而来自诗人的注视。诗意其实不在任何外在的事物里，而在你的眼睛里，就看你能不能换眼光来看世界。也就是说，一个事物有没有诗意，取决于你用什么样的眼光看它。一旦了解到诗意的这种真相，我们写诗的时候，就不是写有诗意的事物，而是通过换眼光，把诗意赋予一切事物。这是一个非常重要的观点，我来举例说明。美国诗人桑德堡写过一首短诗《雾》（赵毅衡译），如下：

    雾来了，

        踮着猫的细步。

他弓起腰蹲着,

静静地俯视

港湾和城市,

又再往前走。

　　他把我们经常看到的雾,在山上飘来飘去的雾,在城市的清晨会出现的雾,看成是猫。也就是说,他用看猫的眼光重新看雾。一旦这样换眼光看雾,雾有了诗意,这首诗也就成立了。大诗人洛尔迦有一首诗《母亲》(赵振江译),换眼光换得很神奇,如下:

北斗

仰面朝天

将乳头给她的星星。

叫啊,

叫个不停,

女儿们,快逃命!

稚嫩的星!

　　诗人把北斗换眼看成一位母亲,把周围的星星看成母亲的女儿们,这样北斗和星星构成的星空,就恍若一位母亲在给女儿们喂奶。喂着喂着,不好,危险出现!什么危险?诗人未讲。母亲叫女儿们快逃,可是,天上那些本就不动的星星,被诗人看作是女儿们,置危险于不顾,纹丝不动,或吓得不敢动,被诗人嗔怪为"稚嫩的星"。你看,原本寂静平常的星空,经诗人换眼光,变得如此惊心动魄,实在诗意迭出。

美国有一个诗人,名叫罗厄尔,写过自己的内心世界。内心世界是看不见的,怎么写呢?她换了一个眼光去看溜冰场,把溜冰场看成内心世界,说这个溜冰场的表面,就是她心的表面。

> 像黑色的冰
> 被一个无知的溜冰者
> 用不可辨认的图案划遍——
> 那就是我心的黯淡表面。
>
> (罗厄尔《中午》,裘小龙译)

一旦换这样一个眼光,把溜冰场的表面看成是自己内心的表面,我们对罗厄尔所说的内心世界,就既有了了解,溜冰场冰面上的无数划痕,就好像是诗人内心受到的无数伤害、挫折,又因为换眼光带来的陌生感,而立刻感受到了诗意。经过这样换眼光,她写的内心感受,就不再只是感受,不再只是诗的材料,已变成诗歌了。因为它含有浓烈的诗意,就是我总结为"熟悉中的陌生"的诗意。"熟悉中的陌生"其实是一种变化的形式,所有变化只要符合这样的形式,诗意就一定能够诞生。

了然这一点,就会意识到,诗意具有相对性。因为不同年代会创造出不同的"熟悉中的陌生",每个年代都不一样,但都符合"熟悉中的陌生"这样的形式。这样一来,我们就可以把近处变成远方,不一定非要去远方才能创造出诗意。通过换眼光,我们可以把近处的所有东西,都变得新鲜、陌生、富有诗意。大家可以做一个练习,桑德堡把雾看成是猫,你还可以把雾看成是别的什么呢?一旦你能成功做到,你就会创造出诗意。比方说,罗厄尔写过一首《秋雾》(裘小龙译),如下:

是一只蜻蜓,还是一片枫叶
轻柔地栖息在水面上?

她不像桑德堡那样把雾看成是猫,她把雾看成是一只蜻蜓,或者一片枫叶。她的提醒很有意思,提醒你可以用看蜻蜓的眼光去看雾,也可以用看枫叶的眼光去看雾。

第二阶 新诗的基因

第一课讲了诗意究竟是怎么一回事。但是,光了解诗意还不够,因为无论新诗还是旧诗,都是以诗意作为诗歌核心的,旧诗已经有诗意了,为什么还要重起炉灶创建新诗?我一般不在写作课上讲文学史,但为了回答刚才的问题,就有必要插入一段文学史的内容,让大家去了解新诗的起点。毕竟,导致新诗后来发展的基因,是由它的起点提供的。

要谈中国新诗的起点,还得从美国新诗的起点谈起,因为胡适当年发动的白话文学革命,其实受到美国诗人庞德创建的意象派的影响。1908年,庞德在宾夕法尼亚大学留校任教,不久就出了事。他违反校规,留宿一名女子,被学校开除了。离开宾大后,他跑到伦敦,结识了休姆。18世纪和19世纪前十年,欧洲一直在刮中国风,到19世纪中后期,中国风刮完了,就开始刮日本风。20世纪初的休姆,正置身在日本风的流行期,接触到了日本俳句。俳句里的东方意象对休姆产生了影响,他特别喜欢这种非常清晰的东方意象。庞德认识休姆后,渐渐在休姆的群体中成为主导。休姆关注的东方意象,庞德也觉得值得关注。这种意象往往只是对客观事物的描绘,非常美,但是它不像那时西方诗歌所呈现的,爱说教;它只呈现美,不多解释,不说教。我们来看下休姆当年写过的一首诗《秋》(裘小龙译):

> 秋夜一丝寒意——
> 我在田野中漫步,
> 遥望赤色的月亮俯身在藩篱上
> 像一个红脸庞的农夫。
> 我没有停步招呼,只是点点头,
> 周遭尽是深深沉思的星星,
> 脸色苍白,像城市中的儿童。

《秋》里面有两个很有意思的意象,一个是赤色的月亮。赤色的月亮,是很多人见过的,因为大气折射,月亮与太阳都会呈现这种赤色。但是在休姆的诗里，他把"赤色的月亮"看成是趴在藩篱上的一个红脸农夫。他把农村这个常见的景象，写得非常迷人。月亮正好看上去与藩篱一样高，休姆就顺势把它看成红脸农夫。再往下他写道："周遭尽是深深沉思的星星/脸色苍白，像城市中的儿童。"星星的颜色其实各种各样，有时觉得它发蓝光，有时觉得它发灰白的光。星星在休姆的眼里，就是发着灰白的光。他把星星看成城市中脸色苍白的儿童。因为少见阳光，城里的孩子不像农村的孩子有健康色，脸都捂得苍白。这种写法的关键是，只把意象呈现出来，并不进行解释说明。这种东方式的写法，当年庞德、休姆这群人特别着迷。

1909年，休姆和弗林特在伦敦成立了一个小团体，每周四聚会。庞德是在团体成立一个月左右时加入的。渐渐地，很多文艺青年就围拢在庞德和休姆周围。庞德发现女诗人H.D.（希尔达·杜利特尔）写的诗，特别符合他的想法，她只是呈现意象，并不说教，所有的感受都涵盖在意象之中。H.D.后来被认为是最重要的意象派女诗

女诗人H.D.

人。庞德把H.D.的诗稿寄给美国的《诗刊》时,忍不住给她署了一个新名字,称她为意象派H.D.。我们来看下H.D.写的两首意象派诗歌。一首是《奥丽特》(裘小龙译),如下:

> 翻腾吧,大海——
> 翻腾起你尖尖的松针,
> 把你巨大的松针
> 倾泻在我们的岩石上,
> 把你的绿扔在我们身上,
> 用你池水似的杉覆盖我们。

这首诗写的是大海,但是你会发现,就像我第一课里讲的换眼光,她用看山上松树林的眼光去看大海,这样写大海就很别致。第一行"翻腾吧,大海——",像是一个标注,提醒读者写的是大海。接着,她用写松树林的写法,去写大海。"翻腾起你尖尖的松针/把你巨大的松针/倾泻在我们的岩石上/把你的绿扔在我们身上/用你池水似的杉覆盖我们。"等于是把大海的一些特性,用松树林的特性来描述,比如她把海浪看成是巨大的松针等。她以这种方式,创造出了大海的特殊美感。H.D.还有一首诗《水池》,也经常被用于教学,她写的诗可谓是意象派中教科书级别的诗歌。《水池》(张子清译)如下:

> 你还活着吗?
> 我摸一摸你。
> 你像海鱼似的颤动。
> 我用网罩住你。
> 你是何人?一个被捆绑者?

我们常见的那种水池,她换了一个眼光重新看它。当她写到"你还活着吗",她是把整个水池看成一个生命体。"我摸一摸你/你像海鱼似的颤动。"手一摸水,水面会颤动,如同摸到颤动的活鱼。"我用网罩住你。"手摸了水,水面会产生涟漪,涟漪看起来像网一样,好像把水池这个生命体罩住了。"你是何人?一个被捆绑者?"水池经过她换眼光,被看成是一个活人,被捆绑的人。通过换眼光,诗人把旧水池写成了一个全新的生命意象,水池立刻变得新鲜、陌生、富有诗意。

到1912年,庞德来伦敦数年后,他的小团体已经人多势众，正式成立了意象诗人俱乐部。他还专门臆造了一个词：Imagiste，意思是意象主义者。到1913年，庞德自己在意象诗的创作方面，也取得进展，写出了名作《地铁车站》。据说冬天时，他在巴黎的协和地铁站，看到这样的景象：很多人穿着黑色的冬装在

巴黎协和地铁站

车站走动,就在这一片黑色中,却夹杂着一些女性美丽鲜亮的面孔,给他留下特别深刻的印象。庞德一直想用诗把这个印象写出来。一开始,他写了三十多行,经过一年的反复删改,最后只剩下了两行。这首诗可以说是经过庞德数年努力创作出的名作。这首诗虽然短,却包含了庞德们诗歌追求的所有特征。1913年,美国东方学家费诺罗萨去世,他的遗孀把他的一部遗稿《作为诗歌手段的中国文字》,交给了庞德。庞德拿到遗稿,如获至宝。因为这部著作,详尽分析了中国的汉字等。费诺罗萨认为,中国的原始汉字就是行动和过程的一个画面,其实就是一个动态的意象。比方说,费诺罗萨认为"东"的繁体字"東",可以拆成"日、木、人",这里面就包含一个动态的过程:人看见太阳从森林后面升起。费诺罗萨就是作为一个意象,来看待"東"的。还有"旦",费诺罗萨把"旦"看成太阳升起在地平线上。还有"明"。"明"可以拆成"日"和"月",我们可以想象那个过程:日和月在一起,把

费诺罗萨

所有的光明都集于一身。当然这是费诺罗萨自己拆解汉字的方法,他把汉字意象看作意义的载体。费诺罗萨遗稿里,还有他翻译的一百五十首中国诗歌。这些诗也一样,呈现出中国古代诗歌中的大量意象。庞德们经过日本意象和中国意象的影响,再经过自身的探索,1913年条件成熟,美国《诗刊》正式刊登了庞德和弗林特的意象派宣言:庞德的《意象主义的几个"不"》、弗林特的《意象主义》。这时,他们作为意象派诗人,正式登上了欧美的诗坛。

他们为什么会特别强调意象呢?到底是什么原因,让他们对东方意象如此着迷?这里面确实还有更深层的原因。当时的美国诗坛,是风雅派诗歌主导的环境,风雅派诗人喜欢说教,要把想法直接说出来,喜欢在诗里抒发激情,甚至滥情,即便有时也写意象,但写得曲折繁复,令感官无从反应,失去了意象可以直接作用于感官的功能。意象本来有一个重要功能,它像音乐一样,当听到音乐,不管你听不听得懂,你的感官首先会有感触和反应。音乐其实很难懂,我们所有人听音乐,标题和乐评都起着想让你懂的作用。但不管你懂不懂,贝多芬的音乐可能会让你的情绪振奋,肖邦的音乐可能会引起你忧伤的情绪,等等。音乐并不在乎你懂不懂，只在乎能不能直接作用于你的感官。诗歌意象的功能与音乐的功能类似，在读者用理性去理解意象之前，意象已经先作用于感官，激起感官的反应。所以，意义的问题，多义的问题，懂与不懂的问题，是理性层面的问题，在诗中是第二性的问题。第一性的问题，是意象能否激起感官的反应。很多人忽视了第一性的问题，而只把努力投向第二性的问题。由此可以看清，庞德们当年用东方意象反对风雅派诗歌，实则是借东方意象的明晰，令第一性的问题迎刃而解。比如，中国古代诗歌中的那些意象，很容易让我们的感官产生感觉。我在这里大胆猜测，中国的农耕文明，令中国人对画面充满信任感，毕竟无论丰收还是歉收，从田园画面可一目了然，这可能是中国人崇尚形象事物、擅长宏观思维的人类学基础。欧洲的狩猎文明，令欧洲人不会对山川画面产生信任感，毕竟猎物藏身何处，尚需动用理性去分析蛛丝马迹，这可能是欧洲人崇尚理性分析、擅长微观思维的人类学基础。

庞德们学习日本俳句、中国古诗里的意象等，无非想恢复意象的重要功能，让它能绕开理性先作用于感官。他们用东方意象来摆脱风雅派的说教或繁复意象，可谓找对了药方。休姆有一首《落日》（裘小龙

译),如下:

> 一位跳芭蕾舞的主角,醉心掌声,
> 真不愿意走下舞台,
> 最后还要淘气一下,高高跷起她的脚趾,
> 露出擦着胭脂的云似的绛红内衣——
> 在正厅头等座位一片敌意的嘟哝中。

他把落日看成是一个跳芭蕾舞的演员,跳完了还不肯走,想继续享受掌声,最后还十分顽皮,故意跷起脚,露出绛红的内衣。"擦着胭脂的云似的绛红内衣",指的就是红彤彤的晚霞。用红内衣来写晚霞,有一种私密之美,大大提高了晚霞给人的陌生感。读这首诗,你的感官会立刻产生感触,这时你的理性还来不及反应。如何理解诗,则是意象被感官接受之后,需动用理性慢慢琢磨的事。比如,诗人除了想表达顽皮之美、私密之美,也鼓励用个性挑战假正经等。清晰的意象也可以包含多种理解、阐释,这恰是它的迷人之处。我举风雅派诗人斯蒂克尼写的一首诗《戏剧性片段》(张子清译),来与休姆的诗对比,大家对我前面说的两种意象的差异,就会有感觉。

> 老兄,别再说了。
>
> 在我的内心似乎有
>
> 一只猫的攀缘着的绿色眼光
>
> 爬动在我心灵的可怜鸟群身旁。

看完斯蒂克尼写的这个繁复意象,"一只猫的攀缘着的绿色眼光/爬动在我心灵的可怜鸟群身旁"。你的感官立刻有感觉吗?很难有!这个意象过于迂回曲折,阻断了感官产生感性感觉的通道,读者只剩下用理性去揣摩的份。所以,原本应该是感性与理性两种功能兼有的意象,在风雅派笔下,蜕化成了只供理性打量的单一功能的意象。

前面谈到庞德写了一首意象派名作《地铁车站》(杜运燮译),他最后删成了两行:

> 人群中这些面孔幽灵一般显现;
>
> 湿漉漉的黑色枝条上的许多花瓣。

这首诗是两个意象的对比,一个是面孔意象,一个是黑枝上的花瓣意象。庞德想通过两个意象的直接对比,来赞美他在地铁站见到的那些女性的面孔,想写出极其美丽的印象。怎样才能传递出那种美丽呢？他想到了欧洲的冬天。欧洲下着雨的冬天极其可怕，树枝都是黑的，湿漉漉的，给人异常沉闷、压抑、阴森的感觉。如果恰恰在这个时候，黑枝上能出现鲜亮的花朵，是不是立刻会让人眼睛一亮？这个对比强烈的感性印象，会直接作用于你的感官，引起你感官上的愉悦。不管庞德想表达什么，在你用理性想明白之前，这份感官的愉悦已经被你拥有。至于庞德写这首诗想达成的目的，其实类似中国旧诗里的"人面桃花"。中国旧诗用"人面"与"桃花"对比，以此赞美人面美如桃花。庞德无非是说，那些鲜亮的女性面孔，美丽得就像冬天湿漉漉黑枝上的那些花瓣。湿漉漉的黑枝与花瓣的强烈反差，也传递出那些黑冬衣与女性面孔的强烈反差。诸位如果有机会去体会德国的冬天，就能感受到这首诗带给欧洲读者的惊喜。

我梳理了庞德、休姆等与日本和中国意象是如何发生关联的，以及他们怎样受此影响，创造出了意象派诗歌。那么他们又是怎样对中国新诗产生影响的呢？要谈他们对中国新诗的影响，还得谈另一个美国女诗人罗厄尔，因为美国新诗影响中国新诗，是通过诗人罗厄尔产生的。罗厄尔是戏迷，1902年因为看戏爱上了一个男演员,从此开始写情诗送给这位演员。写了十来年,到1914年,罗厄尔有一天突然看到意象派的文章,如梦初醒,认定自己就是一个意象派诗人。她立刻飞到伦敦,加入了庞德他们的团体。但是不久,她与庞德就有了分歧。庞德一气之下离开了意象派,另外拉起一杆大旗,叫漩涡派。罗厄尔有钱,能给其他诗人出书,自然有号召力,意象派的大旗,就被罗厄尔攥在手上。罗厄尔通过意象,充分感受到了东方诗歌里的那份含蓄,就是只呈现意象而不置评的含蓄。她认为,含蓄是东方诗歌里最重要的东西,是西方人应该学习的。类似庞德说过的,美不要说教。罗厄尔实践了数年,到1916年,也提出意象派的纲领性主张,体现在《纽约时报》发表的《意象派的六点纲领》里——

1、日常口语,精确词;2、写自由诗;3、题材允许绝对自由;4、呈现意象,处理个别,而不是一般;5、硬朗、清晰;6、凝练。

胡适是罗厄尔的朋友,1916年12月,胡适看到罗厄尔的这篇文章,大受启发。从这时起,罗厄尔就对中国新诗产生了影响。意象派的六点纲领里,有两点对胡适影响很大，一是提倡用口语写，二是写自由诗。1917年，胡适在《新青年》上发表了《文学改良刍议》，他在这篇文章里正式提出了"八不主义"，其实就是文学革命的主张——

一、须言之有物；二、不模仿古人；三、须讲求文法；四、不作无病之呻吟；五、务去滥调套语；六、不用典；七、不讲对仗，文需废骈，诗需废律；八、不避俗字俗语。

"八不主义"里最重要的两点，是第七条和第八条。第七条：不讲对仗，文需废骈，诗需废律。"诗需废律"，就是主张要写自由诗。第八条：不避俗字俗语。俗字俗语指的就是日常口语，第八条就是主张用日常口语写作，包括写诗。可以看出，这两条跟前面提到的六点纲领里的那两点，完全一样。有趣的是，胡适没有提意象，这可是意象派最看重的。我想原因就在于，意象对中国诗人来讲，是我们已经拥有的传统，不需要再特别提及，中国诗人都知道应该在诗歌里运用意象。

接下来还有一个问题，中美的新诗诗人为什么都强调自由体和口语? 虽然他们都强调自由体和口语,可是,美国新诗和中国新诗的内在动力和逻辑,是不一样的。

美国新诗的动力,来自这样的逻辑:格律诗、书面语代表着英国,是美国人从英国继承来的,自由诗、口语才代表着美国,美国人要挣脱来自欧洲文化的格律束缚。英诗的格律,是通过轻重音的音步、押韵等产生的,音步的节拍加上轻重音的抑扬顿挫,再加上押韵,就会产生强烈的音乐感。中国旧诗格律产生音乐性的方法与其相类似,通过字产生节拍,通过平仄产生抑扬顿挫,再加押韵等,就能产生完美的音乐形式。美国自由诗的传统,是由19世纪的诗人惠特曼创造的。美国20世纪的深度意象派诗人勃莱,他有一首诗《反对英国人之诗》,只需看这首诗的标题,就能看出美国人的文化心态。美国的独立战争,对这些美国诗人来讲,也是一场文化独立之战。他们会想方设法在文化上,把美国和英国区分开来。所以,自由诗就代表美国的文化特性和个性,它不是英国的,口语代表语言的活性和当下。

只需看惠特曼的自由诗,就能看出,它完全排除了从英国继承来的格律的束缚,是像散文一样的自由体

诗歌。惠特曼《啊,船长,我的船长哟!》(节选,楚图南译)如下:

> 啊,船长,我的船长哟!我们可怕的航程已经终了,
>
> 我们的船渡过了每一个难关,我们追求的锦标已经得到,
>
> 港口就在前面,我已经听见钟声,听见了人们的欢呼,
>
> 千万只眼睛在望着我们的船,它竖起、威严而且勇敢;
>
> 只是,啊,心哟!心哟!心哟!
>
> 啊,鲜红的血滴,
>
>   就在那甲板上,我的船长躺下了,
>
>   他已浑身冰凉,停止了呼吸。

中国新诗的动力和逻辑又是什么呢?在中国新诗诗人看来,格律诗、文言文代表着古老的过去,而自由诗、白话才代表着现在、现代。他们觉得置身现代社会,有那么多复杂的心绪、冲撞、矛盾等,已经很难用

受到约束的,讲究平仄、对仗、押韵的古代格律来及物地表达,那样太受束缚。所以,胡适就提出了用白话文写作的革命主张,口语的使用功能,也容易让语言保持活性和时代性。胡适率先做尝试,写了中国新诗史上的第一本诗集《尝试集》。可是我们会发现,《尝试集》里的一些诗歌,比如《蝴蝶》,包括打油诗等,依然受到旧诗的束缚。他写的白话诗,诗句都特别整饬,甚至还不自觉地尽量对仗、押韵。

蝴蝶

两个黄蝴蝶,
双双飞上天。
不知为什么,
一个忽飞还。
剩下那一个,
孤单怪可怜。
也无心上天,
天上太孤单。

打油诗

哪有猫儿不叫春？哪有蝉儿不鸣夏？
哪有蛤蟆不夜鸣？哪有先生不说话？

从中可以看出，布鲁姆所说的"影响的焦虑"。就是说，诗人也好，艺术家也好，在创作自己的作品时，都会受到那些经典的影响。要摆脱经典的影响，并不容易。我们可以看到，胡适是主张写自由诗的人，可是他写出来的诗歌，依然带有旧诗的某些不自由。真正挣脱旧诗这种束缚的诗人，应该是郭沫若。郭沫若的《女神》，可以说真正冲破了旧诗格律的束缚。虽然对郭沫若一生的诗歌成就评价不一，但我们必须承认，在新诗特别需要冲破格律束缚的那个时期，他的《女神》起到了历史性的突围作用，这是应该肯定的。

新月与白云

月儿呀！你好像把镀金的镰刀。
你把这海上的松树斫倒了，
哦，我也被你斫倒了！

白云呀!你是不是解渴的凌冰?

我怎得把你吞下喉去,

解解我火一样的焦心?

从前面讲的内容可以看出,中国新诗的起点,与美国新诗的起点,有着十分有趣的关系。先是中国古代的诗歌意象,影响了庞德们的意象派,反过来意象派的主张,又对胡适产生影响,令他提出文学革命的主张,催生出了中国新诗。

第三阶 主观意象与客观意象

这堂课来给大家讲意象。因为只有通过意象，我们才可以更好地认识新诗和旧诗的异同。但在谈论新诗和旧诗之前，我想先对意象做一个分类。可以说其他研究者，没有这样做过，这是我近十数年写诗和研究诗的一个心得。做这样的分类，能够大大简化诸多诗歌问题，同时也能更好地理解新诗和旧诗。

我把所有意象统一分类为两种：客观意象和主观意象。什么是客观意象？所谓客观意象，就是现实中存在的或者可能存在的形象事物，它包含物体和物象等。比方说，一只飞翔的蝙蝠，就是一个客观意象，因为它是现实中已经存在的形象事物；一只挂在岩壁上的蝙蝠，当然也是现实中存在的，也是客观意象。金色的树木，也是客观意象。再比方说，鱼鹰被鱼拖到了河底，这一景象，你不一定见过，但是现实中可能存在的景象，所以，它也是客观意象。除了客观意象，还存在另一类意象，我称为主观意象。所谓主观意象，就是现实中不存在的，只可能通过想象才能在脑中呈现出来的形象事物。我举个例子：人走在大街上，是客观意象；太阳走在大街上，就是主观意象。因为太阳走在大街上是不可能的事，是现实中不存在的事物，你只能在脑子里想象出那个场景。比方说，美索不达米亚有一尊古代雕塑《人首翼牛像》，它用人的脑袋、牛的身子和一对翅膀，组合出一个神兽的形象。这个形象是现实中不存在的，是美索不达米亚人先用想象创造出来，再依据脑中的这个形象，把它雕刻出来的，

人首翼牛像

所以，人首翼牛像是一个主观意象。再比方说，"在太阳里面生活的人"，这个意象就是主观意象，因为这个事物在现实中不存在，不可能有人在太阳里面生活，只可能在脑中想象太阳里面有人生活。我再举一个对比的例子：广场上坐满了孩子，这是客观意象；广场上坐满了太阳，就是主观意象。

现在，我用两张风景图片来检验，看大家是否已经能够区分客观意象和主观意象。一张是海边风景的照片，一张是比利时画家马格利特的画《比利牛斯的城堡》。从后者可以看到，画中比利牛斯的城堡，悠然飘在空中。你觉得哪一张的景象是客观意象，哪一张

海边景象

比利牛斯的城堡 ［比利时］马格利特

的景象是主观意象？我相信，大家都会意识到照片里的景象是客观意象，玛格丽特画里的景象是主观意象。如果进一步追问，主观意象和客观意象的诗意，哪一个更浓，你该如何思考呢？在第一课中我们讲过，所谓诗意，就是能不能用换眼光，创造出"熟悉中的陌生"。所谓谁的诗意更浓，就看在熟悉的景象中，谁具有更强的陌生感。陌生感越强，诗意也就越浓。对比两张图，可以看出，哪一张图片的陌生感更强？当然是《比利牛斯的城堡》。这个例子也说明，主观意象的诗意，比客观意象的诗意要更浓烈。

  了解客观意象和主观意象的诗意浓淡，对重新理解新诗和旧诗非常重要。客观意象对我们来讲太熟悉了，它就是现实中存在的形象事物，即便王维写的"大漠孤烟直"这一景象，我们不一定见过，但这种可能存在的景象仍容易被人熟悉。可是，一旦说太阳里面居住着人，这一景象，对任何人来讲，都非常陌生，因为它在现实中根本就不可能存在。所以，客观意象因为跟我们靠得太近，太容易熟悉，诗意就寡淡；主观意象是在我们脑子里靠想象创造出来的事物，一旦创造出来，我们就觉得陌生，诗意就浓烈。说白了，客观意象就是我们生活中的一些事实，或可能存在的事实，它的陌生化程度非常低。比方说,"送我一把扇子,我用它扇风",当讲这句话的时候,你会觉得它没有什么诗意,因为这一场景经常能见到,我们太熟悉拿扇子扇风的场景。如果把它变成一个主观意象呢?北欧诗人索德格朗在《幸福猫》(李笠译)中是这样写的:

> 送我一把扇子,
> 　我用它扇走沉重的思想。

扇子真能把沉重的思想扇走吗?当然不能,索德格朗写的这个场景,就是臆想出的场景,对任何人来说,都非常陌生,因为没人见过,谁也不可能在现实中见到这样的场景。因为陌生化的程度非常高,主观意象产生的诗意,自然就更浓烈。

你会发现,旧诗里客观意象的用量,要远远大于主观意象的用量。李白诗里的主观意象,会用得相对多一点。比如"白发三千丈",因为白发不可能长三千丈,当他夸张地说"白发三千丈",就意味着创造了一个主观意象。再比如,李白在《清溪行》中说"鸟度屏风里",他把山岭看作屏风,所以,山岭中的飞鸟如同飞在屏风里。可是,以现实景象来较真,"鸟度屏风里"是不可能的事，鸟不可能在屏风里飞过，这样一来，它就是李白用想象创造的主观意象。我们熟知的"床前明月光"，就是一个客观意象。旧诗之所以大量使用客观意象，较少使用主观意象，或者说主观意象的用量不算多，原因就在旧诗的格律形式本身，已经含有诗意，它是一种强音乐形式。我们已经知道，诗意就是"熟悉中的陌生"，旧诗格律通过平仄的变化，已经产生了"熟悉中的陌生"。旧诗格律中，平或仄的持续，一般来讲，尽量不超过三个音。为什么要让它改变，就是为了通过平仄的变化产生陌生感。如果老是仄仄仄仄仄或平平平平平，我们的耳朵会因为已经熟悉而感到厌倦。听声音的时候，耳朵其实也喜欢变化带来的陌生感，始终期待声音有变化。比如，"仄仄平平仄仄平"，这样的变化，会在声音中产生"熟悉中的陌生"。再加上句与句之间的平仄还要错开，还有押韵等，这样一来，旧诗的格律本身就含有诗意。所以，旧诗对以意象营造的诗意，就要求不高。客观意象加上格律，旧诗的诗意就足够了。此外，旧诗诗人会进行大量的即兴唱和式写作，这时用客观意象写诗，比用主观意象写诗要容易。跟别人即兴唱和的时候，要立刻想出许多主观意象的诗句，是比较难的。想出客观意象的诗句相对容易,因为客观意象都是我们眼睛见过的,或者虽然没见过,但容易用已有的场景组合出来。因为有格律对旧诗诗意的保驾护航,因为有写即兴诗的传统,所以旧诗诗人倾向于大量使用客观意象。

新诗就完全不同了,因为没有格律约束,新诗的形式就非常自由,当然我后面也会讲到,新诗其实也有一定的形式,如靠节奏产生的弱音乐形式等。总体来讲,新诗不像旧诗,有格律带来的强音乐形式,它丢失了格律形式对诗意的加持,这部分丢失的诗意,靠什么来弥补呢?只能靠诗句内容产生的诗意来弥补。换句话说,只能靠主观意象产生的诗意来弥补。所以,新诗就倾向用主观意象,来弥补由于没有格律形式保障而丢失的诗意。这样一来,新诗的着眼点与旧诗的着眼点,就有根本性的不同。新诗不能像旧诗那样,大量地使用客观意象,相反,要大量地使用主观意象。所以,营造主观意象,对新诗来讲至关重要。它的本质,就是使用陌生化程度更高的意象。

我们来看一些具体的例子。

先看旧诗中的客观意象。

唐代诗人王湾写过:"客路青山外,行舟绿水前。"这两句是典型的客观意象,因为有格律为它的诗意护驾,所以读者不会觉得这两句诗意寡淡,格律起到了支撑诗意的作用。

我们再来看旧诗中的主观意象。

白居易在《长恨歌》里写道:

> 七月七日长生殿,夜半无人私语时。
> 在天愿作比翼鸟,在地愿为连理枝。

"七月七日长生殿,夜半无人私语时"还是客观意象,但"在天愿作比翼鸟,在地愿为连理枝"已是主观意象了,白居易把坠入情网的两人,看成比翼鸟、连理枝。这是不是前面讲过的换眼光?用看比翼鸟和连理枝的眼光,重新看待恋人,诗意就产生了。明代散文家刘侗在《水尽头》里写过这样的句子:"晓树满星,夕野皆火:香山曰杏,仰山曰梨,寿安山曰柿也。"早晨还有一些星星在天际,与树差不多高,刘侗就把它们看成是挂在树上,是换了看树的眼光重新看星星,是不是创造了一个主观意象?他眼里的夕野,好像着了火,本来是红彤彤的残阳残霞,他把它们看成是火。他把香山看成杏,把仰山看成梨,把寿安山看成柿子,这些全是用换眼光创造出的主观意象。

再来看新诗中的客观意象。西班牙大诗人洛尔迦写过一句诗："我的头/从窗口探出。"这是客观意象。单看这个意象没有什么新奇，是常见的，所以这个客观意象用在新诗里，没有什么特别的诗意。但是洛尔迦接着写了一个极有诗意的句子："我看到风的刀/多么想把它砍掉。"（赵振江译）"风的刀"就是一个主观意象，诗人用看刀的眼光重新看风，想象风是一把刀，要把人的头砍下来。这一景象是现实中不可能有的，只能用想象把它创造出来。穆旦写过一句诗："绿色的火焰在草上摇曳。"他看到的本来是常见的景，如果仅仅说绿色的草摇曳，就是一个客观意象。但是他偏偏说"绿色的火焰"在草上摇曳。我们见过红色的火焰、黄色的火焰、蓝色的火焰，但绿色的火焰是日常生活中不可能见到的。"绿色的火焰"就成为穆旦的创造，他创造了一个主观意象，使得这句诗具有浓烈的诗意。如果仅仅说绿色的草摇曳，就成了太普通的句子。

为了更好地理解"熟悉中的陌生"，我来给大家讲陌生化的概念。陌生化是20世纪初由俄国彼得堡学派提出的概念，这派的领袖人物是什克洛夫斯基。他们提出陌生化的概念，究竟想达成什么目标呢？原来他们发现日常生活中存在着"自动化现象"。什么叫自动化现象?就是任何事情,只要重复很多次,慢慢地,你就对它不在意了,对它视而不见了,会自动忽略它。比方说,如果你所在的小区里都是熟人,你每天在

什克洛夫斯基

小区里见到这些熟人,他们不会引起你的特别注意。可是,有一天小区突然闯进一个陌生人,就立刻会引起你的注意。这个陌生人如果天天来小区,你开始还挺注意他,随着时间的推移,你慢慢也不注意他了,会自动忽略他,因为他在你眼里已经变得熟悉了。

所谓的自动化现象,是说任何一个事物,哪怕本来是陌生的事物,只要经过很多次的重复,你就会自动忽略它,不再关注它了。所以,对写作来说,自动化现象是很可怕的事,如果你写的句子都是常见的句子,都是大家熟悉的套词套句,读者读到这些熟悉的修辞,他会怎样对待呢?就会产生自动化现象:自动地忽略你写的东西,不会去注意它们。就像在小区里你天天见到的熟人,你不会特别去注意他们,会自动地忽略。记得玄武湖的大门里面,曾经竖着奥林匹克环,竖

了两年时间,我的家人就视而不见了。有一天,奥林匹克环拆掉了,我跟她说这里原来竖着奥林匹克环,她居然说从来没见到这里竖过奥林匹克环。为什么她会视而不见?可能刚开始竖的时候,她还记得,时间一久,产生了自动化现象,对奥林匹克环视而不见了。

我们和别人见面,见面时都会说"你好",告别时都会说"再见"。你每天都这么说,别人也这么说,彼此都不会特别注意对方真的说了什么。如果有一天,你和别人一见面,就说"再见",和别人分手时说"你好",对方就会停下来特别注意你的修辞,这就等于抵抗了自动化现象,这种反着说话的做法,就是抵抗自动化现象的一种陌生化。其实任何事物,要想把它陌生化,只需增加感受它的时间和难度。比方说,我在这里讲课,多次以后,大家对我的脸已经很熟悉了,会自动忽略它。为了让大家特别注意我的脸,我打算把它陌生化。下次来讲课的时候,我如果满脸涂着蓝色或红色,相信各位一定会盯着我的脸看。因为它已经是一张陌生的脸,被我进行了陌生化的处理。你盯着看我的脸时,看的时间肯定比没涂蓝色或红色时要长,等于增加了感受它的时间,也增加了你解读这张脸的难度。你会想,老师为什么要把脸涂成蓝色或红色呢?

把脸涂成蓝色或红色,就是一种陌生化。陌生化的本质就是诗化,就是审美化。所谓的审美化,我们过去把它讲得太玄乎,其实很简单,你让一个东西变得特殊一点,它就被审美化了。当你把它变得特殊一点,变得奇异一点,其实就是变得陌生一点,就产生了我们讲的"熟悉中的陌生",实际上就产生了艺术、产生了诗歌。在原始时期,葬礼上有哭婆这个角色,专门负责哭,她扮演的角色,其实就类似艺术家的角色。为什么说她在葬礼上的哭,可以看成是艺术,而别人的哭就只是哭呢?原因很简单,别人哭一会儿,流一会儿泪就结束了,可是哭婆要哭很长时间,甚至哭一两天,她流的泪也比别人多。这样一来,哭婆的哭和流的泪,在所有悲伤的人中间,就变得特殊了,她让其他人感受她悲伤的时间增加了。她的哭和流泪,增加了别人感受她的难度,其他人会想,她怎么能哭这么长时间、流这么长时间的泪呢?实际上她创造了一种艺术。其实古代很多艺术品就是这样的,使它特殊一点,就成为艺术。比方说,中国旧石器时代有一种刻线鹿角,就是在鹿角上刻了一些纹路,学者把它视为艺术品。你可能会质疑,这么刻了几条线就能成为艺术品?因为其他的鹿角没有刻线,这种有刻线的鹿角在多数没有刻

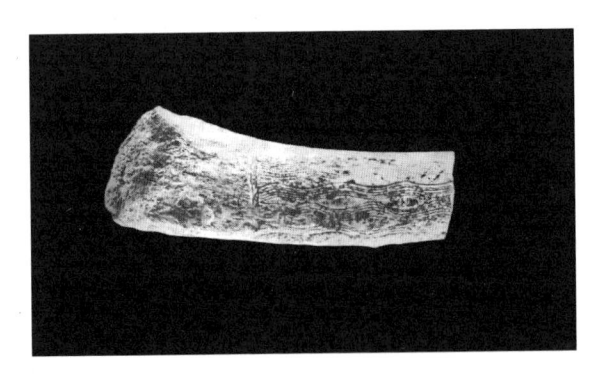

刻线鹿角

线的鹿角中,就变得特殊一点。大家平时见到的都是没有刻线的鹿角,突然有刻线的鹿角出现,它就创造了"熟悉中的陌生",就有了诗意,成了艺术品,就这么简单。主观意象就是通过换眼光,来造成这种陌生化。比方说,本来阳光照着我们,是很熟悉的场景,如果你换种说法,说"太阳把它闪亮的长矛扔向我们",你就创造了一个主观意象。这个主观意象就使得阳光这个原本普通的东西,变得很特殊。我们在感受"太阳把它闪亮的长矛扔向我们"时,实际上增加了我们感受阳光的时间和难度。主观意象实际上创造出了最具陌生感的事物,创造了现实中没有的世界,一个不可能的世界,这就是主观意象极有诗意的秘密所在。

下面我给大家举两个具体的诗例,看如何通过

换眼光来达成主观意象。闻一多有首著名的诗《死水》,如下(节选前两节):

> 这是一沟绝望的死水,
> 清风吹不起半点漪沦。
> 不如多扔些破铜烂铁,
> 爽性泼你的剩菜残羹。

> 也许铜的要绿成翡翠,
> 铁罐上锈出几瓣桃花;
> 再让油腻织一层罗绮,
> 霉菌给他蒸出些云霞。

这首诗的第一节,每行都是一个客观意象的场景,"这是一沟绝望的死水",就是现实中一个臭水沟的场景。紧接着从第二节开始,他创造出了一个个主观意象。"也许铜的要绿成翡翠",他把铜锈看成是翡翠;

闻一多

王家新

"铁罐上锈出几瓣桃花",他把铁罐上的锈看成是桃花;"再让油腻织一层罗绮",他把死水上面漂浮的脏油腻看成是罗绮,就是丝绸;"霉菌给他蒸出些云霞",霉菌是我们避之若浼的,可是在他眼里变成了美丽的云霞。当然,他的诗带着调侃和讽刺的意味,正因他创造出了主观意象,诗句就特别有诗意。可以看到,这首诗的诗意主要集中在第二节,皆为主观意象。

王家新有一首诗《飞行》,节选如下:

像一只细长的蜻蜓
我的飞机在飞行

从莫斯科到布加勒斯特
我的蜻蜓有五十双复眼

而在穿过巨大云团的一瞬
　　我的耳朵幸福地聋了

　　然后是罗马尼亚彩色的田野
　　像是他们的条形国旗

　　……

　　但我只是一只蜻蜓
　　我振翅,观看,我要寻找的

　　无非是大地上一枝摇晃的
　　芳香而又带露的草茎

　　整首诗创造了一个宏伟的主观意象,即把飞机看成一只巨大的蜻蜓。他写道:"像一只细长的蜻蜓/我的飞机在飞行//从莫斯科到布加勒斯特/我的蜻蜓有五十双复眼。"为什么说有五十双复眼,就是飞机里坐着五十个人,每人都有眼睛,它们就好像是飞机的复眼。"但我只是一只蜻蜓/我振翅,观看,我要寻找的//无非是大地上一枝摇晃的/芳香而又带露的草茎",

你看，只要换一个眼光，创造出把飞机看成蜻蜓的主观意象，再把换眼光后的感受写出来，整首诗就有了强烈的诗意。

第四阶 主观意象的营造

通过前面的讲述,大家应该可以意识到,主观意象对新诗至关重要。这堂课我们就来讲解,如何去创造这样的主观意象。

前面曾谈到陌生化的方法,它是由彼得堡学派提出来的,就是增加感受的时间和感受的难度。陌生化的方法,容易被一些人认为是纯游戏性的方法,它的背后其实暗藏着人性的根据。我先来讲英国学者做的海鸥实验。海鸥的雏鸟通常不认识自己的母亲,只认得母亲鸟喙上的一道红杠,一旦饿了,就会用嘴去啄那道红杠,母亲就会把胃里的食物反刍给它吃。英国学者做过这样一个实验:他们拿出一根小木棒,在上面涂一道红杠,比较接近母鸟的鸟喙,把这根小木棒放入雏鸟群时,发现所有雏鸟都很兴奋,都去啄那道红杠。学者又做了一个实验:拿出一根小木棒,上面涂三

道红杠,并且把涂一道红杠的木棒和涂三道红杠的木棒,同时放入雏鸟群。猜一猜,雏鸟会选择啄哪根木

海鸥

棒?结果出乎所有人意料。大家都以为,雏鸟一定会去啄跟母亲鸟喙最接近的、有一道红杠的木棒,但实际上,所有雏鸟都忽视一道红杠的木棒,去啄三道红杠的木棒。为什么?这就讲到问题的关键了。英国学者拉马钱德兰认为,海鸥实验说明,动物都有喜好和夸大与生存相关特征的本性。所以,海鸥实验可以用来解释,数万年前的维纳斯雕像为什么是另一副样子,而不是我们熟悉的写实的样子。维也纳自然博物馆里,藏有一件小雕塑《维伦多夫的维纳斯》。这尊诞生于

维伦多夫的维纳斯

数万年前的石灰岩雕塑,是一尊刻意夸大生育特征的维纳斯。原始时期的人为什么要这么做?那时对部落至关重要的是什么?当然是繁衍!唯有繁衍才能让部落延续下去。既然繁衍对他们至关重要,他们就和海鸥一样,倾向于夸大与繁衍相关的特征。繁衍特征就是生育特征,这样就可以理解,数万年前的这尊雕塑作品为什么只专注夸大主体的生育特征,大胸、丰臀、大肚子,完全忽略手臂、脸部等。原始时期的中国,同样有类似的雕塑——被称作中国"维纳斯"的裸女陶塑像。它的生育特征,与西方原始时期的维纳斯非常接近,也有夸张的肚子和臀部。东西方两地之间没有接触,但不约而同都去夸大跟生育相关的特征。说明人类，不管生在何处，都具有内在的夸饰本性：什么特征对生存重要，就倾向去夸大什么特征。

裸女陶塑像

到了希腊时期，乍看希腊的雕塑好像十分写实，比如《断臂的维纳斯》，好像是对真实人物的刻画，仔细观察会发现，它依然用多种方式对"颜值"进行了夸张。这里谈的"颜值"，是广义的，指一个人的长相、体态、动作、打扮等。进入文明社会，颜值对生存变得重要，颜值高的人，在社会交往中有优势。所以，希腊成熟期的雕塑，都想方设法去夸大与颜值有关的特征。比如，《断臂的维纳斯》中的维纳斯，腿、手臂、脖子就比实际的要长，这样会显得好看。维纳斯站立的姿势，也经过了一番精心设计，采用的是对立平衡的站姿。比如，一条腿用劲时，另一条腿放松；与用劲那条腿同一边的手臂，是放松的；与放松那条腿同一边的手臂，却是用劲的；与胯高同一边的肩，是低的；与胯低同一边的肩，却是高的。这种对立的姿态，会让人产生愉悦的快感，等同

断臂的维纳斯

于提升了"颜值"。当然,《断臂的维纳斯》失去了双手,虽然不知道原来双手的样子,但是可以肯定,它们一定符合对立平衡的原则。对立会让人产生愉悦的心理,依然来自人性的悖论,即人既追求安全又追求冒险的悖论。这一悖论,是人追求诗意"熟悉中的陌生"的根基,是人喜新厌旧的原因,也是当代许多人类困境的来源。从审美上来讲,将手臂、腿、脖子拉长,采用对立的姿势,这些做法就是超出常规的夸张。我前面讲过什么叫艺术,就是"使其特殊一点",夸张做法的本质就是"使其特殊一点",将其陌生化。由此可以了然,人其实不喜欢写实。这种原始时期即已存在的夸张本能,至今仍涌动在现代人的血脉中,必然会在所有文化活动中显现出来,包括在文学中显现出来。比如,我们说文学必然是虚构的,就是这个原因,因为它符合人类性喜夸张的本性。所有的艺术创造,一定都是夸张的,只是程度不同而已。

前面给大家讲过,我们用换眼光可以创造出"熟悉中的陌生",即诗意。但是换眼光,对诗人是可以完成的任务,对普通人就比较难。你让普通人看杯子,看出它不是杯子,是别的东西;看山,看出它不是山,是一个人或一种水果等,还是相当困难的。有没有更简便的方法,能让普通人也容易换眼光呢?方法是有的。我把这种方法称为"错搭"。我举个例子。比利时大画家马格利特画过一幅画《肖像》,很有意思,画的是盘子、刀叉、杯子、瓶子,盘子里有块肉饼,但他进行了错搭,把眼睛和肉饼错搭在一起,即眼睛长在肉饼里。如果没有这只眼睛,画面就非常无聊,就是经常能见到的场景,不会让人觉得有诗意。可是他偏偏把完全不搭界的肉饼与眼睛搭配在一起,这种搭配是平常人做不出来的。然而,恰恰是这种错误搭配,当然画家是故意的,才真正创造出了新意。也就是说,错搭恰恰通过犯错(当然是故意犯错),来偏离正常的搭配。

肖像 ［比利时］马格利特

这就启示我们，诗意的创造恰恰得益于某种不正确、不正常。如果写诗时，词语的一切搭配都是正常的，你不可能创造出诗意。错搭会产生一个效果，它会逼迫我们换眼光。比方说，刚刚看到的马格利特的那幅画，当我们看肉饼的时候，画会逼迫你用看眼睛的眼光去看肉饼，这块肉饼不仅仅是肉饼，它还是一只眼睛。这样换眼光以后，或者说，你把肉饼当眼睛或把眼睛当肉饼以后，它就产生了陌生感，也就产生了特殊的诗意。有一次我去先锋书店讲课，走在路上突然发现，前面出现了两个男子，穿着二次元服装。在满街穿着正常服装的人群中，突然出现两个穿二次元服装的人，就在熟悉的人群中创造出了陌生感。二次元服装原本是幻想世界的东西，不可能和现实搭配在一起，他们给街景做了一个错搭，把二次元服装和现实搭配在一起，硬性错搭就产生了特殊的诗意。这种做法，恰恰是我们在诗歌中可以采纳的。所以，错搭是我们可以用来创造主观意象的方法。

下面来看具体怎样进行错搭。我们可以做一个练习，拿一张白纸，在左边写上商品的名称，写三个，每行一个，右边写上生病的症状，写三种，也是每行一种，然后在每行的中间用"的"把左边和右边写的东西连起来。比方说，左边写了"电冰箱"，右边写了"喷嚏"，用"的"连起来，就变成"电冰箱的喷嚏"。

左边写了"电扇",右边写了"哮喘",就变成"电扇的哮喘"。你看这类错搭,就产生了特殊的诗意。当我们说"电风扇的哮喘",它就迫使我们用看病人的眼光,去看电风扇。我们老在用电风扇,用的时间太长,它也累,也会生病,还积了那么多灰尘,灰尘也会诱发哮喘。这是一种可以让常人换眼光的方法。我再举一些例子。洛尔迦是西班牙的大诗人,他在《美少年》一诗中写道:"在天空中间,只有一颗男性的星"(赵振江译),"男性的星"就是一个错搭。这种错搭,用字母表示就是"a的b"。它迫使你用看性别的眼光去重新看星星;星星本来没有性别,可是你读到"男性的星"再去看星星,会觉得好像星星也可以分性别,也可以有男女。看了洛尔迦的这句诗,你可能立刻会写出"天上只有一颗中性的星""天上只有一颗女性的星"等富有诗意的句子。再比方说,诗人育邦写过这样一句诗——"轻度贫血的凌晨"。"贫血的凌晨"是一个错搭,凌晨本来没有贫不贫血,或营养够不够之说,但是在诗人眼里,凌晨是有营养富足和贫乏之别的。当他说凌晨是贫血的,当我们再看凌晨的时候,它暗淡或灰白的景观,会被我们理解成与贫血有关。这种"a的b"的错搭,就营造出了一个主观意象。北欧诗人索德格朗写过"一路呼啸而去的黑夜的呼吸"这样的诗句(《拂晓》,李笠译)。"黑夜的呼吸"就是一个错搭。正常情况下,我们不会把黑夜看成一个生命,可是在诗中,索德格朗把黑夜看成一个有呼吸的生命。它刮风的呼啸声,就好像是它的呼吸声。"黑夜的呼吸"就是通过"a的b"这种错搭,产生的主观意象。顾城写过一句诗:"在印加帝国的酒窖里,储存着太阳的血液。""太阳的血液"就是"a的b"的错搭。当他说"太阳的血液",就迫使我们看太阳的时候,把太阳看成一个生命。太阳里那些红色的、翻腾的气体,可以看成太阳的血液。一旦换了这样的眼光,再去看太阳,它就不再是你天天看到的、毫无新意的太阳。

这种错搭,对于天才,或对于孩子,并不一定重要。因为天才或孩子,天然就好像有"天眼",能不停换眼光来看世界。孩子们,因为还未受到世俗生活的规范,还没有形成固见,是很容易换眼光的。可是很多成人,已经历过世俗生活的历练,很多思维、观念都已固化,眼光也已固化,这时要换眼光就相当困难。借助错搭,常人也能获得"天眼",让眼见的熟悉的事物,通过换眼光,变得焕然一新、诗意盎然。错搭是常人走向换眼光的重要一步。我一直强调,"熟悉中的陌生"是我们追求的诗意,它绝非语言游戏,其背后的人性根据,就是前面谈过的人性悖论,既追求安全又追求冒险的悖论。前面讲过,熟悉意味着安全,陌生意味着冒险,人当然愿意大部分时间是安全的,用少部分时间去冒险,这就是"熟悉中的陌生"的人性根据。"熟悉中的熟悉",意味着人从不冒险,永远生活在安全中,这会令人感到无趣、乏味。"陌生中的熟悉"或"陌生中的陌生",意味着人大部分时间在冒险,或者一直在冒险,人会感到飘摇不定,惊恐不安,这不是人愿意选择的生活。人只能选择在安全和冒险之间加以平衡,"熟悉中的陌生"就是人最青睐的平衡之道。

根据前面讲的错搭"a的b",我们可以获得一种非常简单的写诗方法,把一个正常的句子改成一个诗句。比方说,你先写一个正常的句子,"我拍着海浪",这个句子平淡无奇,接下来你能不能把"海浪"用错搭,换成刚才说的"a的b"呢?比如,把"海浪"换成"海浪的脑袋",刚才的正常句子就变成"我拍着海浪的脑袋",是不是就变成诗句了?再看"携带着你的笑容",这是很普通的句子,没什么诗意,可是你看德语诗人策兰怎么写的,他把"笑容"换成了"笑容的黄昏",刚才的句子就变成"携带着你的笑容的黄昏"

(《在樱桃树枝里》，王家新译)，是不是很有诗意？再来看多多写的诗句。如果你仅仅这样说："告诉残酷世界悬崖"，这个句子的语法与句子"给你手套"类似，"悬崖"与"手套"都是间接宾语。"告诉残酷世界悬崖"没什么诗意，但是能不能把"悬崖"错搭呢？比如，把"悬崖"换成"垂泪的悬崖"，刚才无诗意的句子，就变成了多多的诗句——"告诉残酷世界垂泪的悬崖"。悬崖就好像固体的泪，垂在山边。

我们可以再做一些练习。比方说，"天上飘着云"，这句简单又正常，能不能把"云"改一改呢？改成一个错搭，比如"云的心思""云的梦""云的手帕"，这样刚才的句子就变成"天上飘着云的心思""天上飘着云的梦""天上飘着云的手帕"。这样一改，句子立刻涌出诗意。"我拍打着桌子"，能不能改成"我拍打着桌子的某某"，比如"桌子的肩膀""桌子的脑袋""桌子的手"或"桌子的梦想"？平时不会和桌子搭配在一起的词，都可以搭配，一搭配诗意就会产生。

大家可以自己做一个练习，先写一句正常的话，再把这句里的某个名词，按照前面讲的"a的b"的错搭法换成别的词，你就会得到一个富有诗意的句子。

对普通人来讲,这是可以写出诗句的笨办法,非常有效,我称它为错搭的第一种模式:a的b。错搭的第二种模式,跟这种模式很像,它是:a是b。比方说,莎士比亚写过这样的句子:"每一颗泪珠是一辆小小的车。"(《爱的徒劳》,朱生豪译),这句的关键在"泪珠是车"。"泪珠"跟"车"本来不搭界,可是莎士比亚却把两者搭配在一起。"泪珠是车"就属于"a是b"这样的错搭,一搭配就会产生陌生感,产生诗意。叙利亚诗人阿多尼斯写过这样的句子:"天际,像是太阳脖子上的围巾。"(《白昼的头颅……》,薛庆国译),它的关键点在"天际像是围巾"。天际本来跟围巾没有关系,天际是天际,围巾是围巾,平时我们不可能把它们扯在一起。当诗人把它们搭配在一起,诗意就产生了。当然,"a是b"里的"是",还可以换成"如""像""似""等同于",等等。只要是表达"a"与"b"相似或者等同,都可以用错搭的第二种模式来表达。比如,王家新有一句诗:"像一只细长的蜻蜓/我的飞机在飞行。"这里的关键点是"飞机像蜻蜓"。蜻蜓跟飞机本来没有关系,但是被诗人硬性搭配在一起,加上蜻蜓的特征与飞机的特征还有某些相似,所以,除了产生诗意,还显得准确、贴切。关于意象的准确性,我后面会专门讲。意象的准确,是引起读者共鸣的关键。写出既有诗意又准确的意象,比写出有诗意不准确的意象,要难得多。

我列一个表,这样大家对无诗意的意象、有诗意的意象,可一目了然。

无诗意的意象	有诗意的意象
海上的航空母舰	雨的航空母舰
我家的烟灰缸	平原的烟灰缸
月亮的天空	月亮的麻花

从列表可见,产生诗意的条件是错搭的两个事物要不搭界。海上和航空母舰、家和烟灰缸、月亮和天空太搭界,所以,都不会产生诗意。瑞典诗人特朗斯特罗姆就写过一个很有诗意的意象,"风车轮像雷翻转的睡眠"(《午睡》,李笠译)。风车轮转动时不停在响,声音又不是很大,就好像雷睡着了,不停发出一些鼾声。如果雷不睡着,雷的声音就太响了。"风车轮像雷"这一"a是b"的错搭,首先保证了诗意,接下来,风车轮不算太响的声音,它的转动,与雷睡着时的鼾声、辗转,颇为相似,又保证了意象的准确。所以,这个意象不只写得特别好,还能触动读者。我有个学生叫韩

微,写过这样一句诗,"红玫瑰,像一剂红药水/涂抹在爱情的伤口上。"红药水与红玫瑰本无关系,两者的错搭保证了意象有诗意,加上红玫瑰与红药水又有颜色的相似,这样就产生了准确之感。"涂抹在爱情的伤口上",令读者加深了对"玫瑰像药水"的理解。这个意象不是游戏之作,它来自深邃的体验。恋人深陷情网时,常会给对方献花,可是在韩微看来,花就像药水,不过在弥合伤口。确实如此,相互深爱,常常也在相互伤害,献花不过是治疗之举。这个意象写得非常好,属于"a是b"的错搭。

下面给大家看两首完整的诗,第一首是洛尔迦的《圆满》(赵振江译),如下:

> 微风
> 一次
> 又一次
> 抚摩天空的脸庞
> 星星一次
> 又一次地
> 将蓝色的眼睑闭上。

我喜欢举洛尔迦的诗为例，为什么？因为洛尔迦的诗非常典型，特别适合教学。你看《圆满》里的主观意象，就是用"a的b"这种错搭模式写的，"微风/一次/又一次/抚摩天空的脸庞"。"天空的脸庞"，就是把天空与脸庞错搭在一起，逼迫你用看脸庞的眼光去看天空，好像天空是一个人。"星星一次/又一次地/将蓝色的眼睑闭上。"眼睑不是蓝色的。"蓝色的眼睑"也是"a的b"的错搭，这就产生了诗意的效果，逼迫我们重新用新的眼光去看眼睑，把星星看成有着蓝色假眼睑的眼睛，星空就焕然一新。

第二首是洛尔迦的诗《柏树》（赵振江译），如下：

柏树。

（停滞的水。）

山杨。

（清澈的水。）

柳枝。

（深沉的水。）

心灵。

（眸子的水。）

他用的就是"a是b"这样的错搭，"柏树。/（停滞的水。）"中，他省略了"是"，如果不省略，句子会是"柏树/是停滞的水"，"山杨。/（清澈的水。）"相当于说，山杨是清澈的水，"柳枝。/（深沉的水。）"，相当于说，柳枝是深沉的水，等等。可以看到，诗人进行了一系列错搭，把柏树、山杨、柳枝、心灵，都和水错搭在一起，大大地扩展了柏树、山杨、柳树、心灵的内涵。我们读到这样的错搭时，自然会想，为什么柏树是停滞的水，山杨是清澈的水？因为主观意象的陌生化程度很高，要去确切了解它的含义，其实要花很多时间去揣摩，你也不一定真能穷尽它的含义。主观意象可以产生多义，这是新诗让一些人感到难懂的原因。其实一旦了解了主观意象的构成，这类所谓的不懂，慢慢地也会变成懂。我们要学会慢慢又立体地去感受诗歌，而不是要把每一句诗，用百科全书式的解释，一一罗列出来。我们的心灵其实是立体的，了解主观意象的构成，有利于我们耐心立体地感受它。

第五阶 错搭模式

前面给大家讲过营造主观意象的两种错搭模式,"a的b"和"a是b"。其实一共有四种错搭模式,可以用来营造主观意象。下面来讲另外两种模式。

第三种错搭模式比较简单,就是看你能不能找到一个事物,去解释另外一个事物。我们在日常生活中,会碰到很多事物。如果只是把事物正常的样子直接呈现出来,它不会产生诗意,因为事物正常的样子,就是我们用常规眼光看到的样子,这样的眼光已经被生活固化了,所谓看山还是山,看水还是水;未能给眼前的山或水增添新的内容,也就无法赋予它陌生感。这时,如果我们能换眼光,用新眼光重新看待眼前熟稔的事物,所谓看山不是山,看水不是水,陌生感就会被创造出来。但让常人换眼光,并非易事。第三种错搭模式是说,你不必老想着换眼光这件事,你就保持该事物当前的样子,但可以试着用别的事物,重新解释它目前的样子,其效果就如同换了眼光。比方说,"石头纹丝不动",这是石头目前的样子,如果你只是满足于描述目前的样子,无论用语言去描述多少次,它也不会有诗意,比如,"石头一动不动""石头停在这里",等等。如果我们能用别的事物,重新解释石头目前的样子,比如,"石头被人一棍子打昏了",因为石头像人,被一棍子打昏了,才倒地一动不动。一旦这样理解"石头纹丝不动"的样子,就相当于换了眼光,换了看生命的眼光重新看石头。一旦这样解释,诗意就产生了。"石头纹丝不动"这一景象,我还可以用不同的事物去解释,比如"石头太累了,它已陷入深睡中"。因为深睡,所以石头纹丝不动,诗意同样可以产生。甚至我还可以这样来解释,"石头在打坐",所以它纹丝不动,这种解释一样有诗意。你会发现,类似这样的重新解释,一直可以进行下去,能产生无穷无尽的诗意。所以,这种方法可以帮助常人来换眼光,又比直接换眼光要容易。这种营造主观意象的第三种错搭模式,我称为:用b重新解释a。

北岛早年有一首诗,叫《生活》,只有一个字:网。他用"网"来重新解释"生活"。因为生活就是人际关系编织的一个罗网,众人的关系彼此纵横交错,常让个人身不由己。用"网"重新解释生活十分贴切,既让人对生活有深邃的理解,也产生出诗意。诗人不是仅仅描绘生活目前的样子,而是用"网"让读者换了眼光,重新看待生活,效果就是,仿佛看到了过去没看到的生活背后的真相。瑞典诗人特朗斯特罗姆写过这样一句诗:"电缆哼着没有祖国的民歌"(《黑色明信片》,李笠译)。被他重新解释的事物是什么呢?用b解释a时,诗人经常不直接说出a,要让你自己去猜、揣摩,a究竟是什么。有生活经验的人当然能猜出,特朗斯特罗姆是在重新解释,把电流的吱吱声说成,电缆在哼着没有祖国的民歌,相当于诗人换了看民歌歌手的眼光,重新看待电流流过的电缆,诗意便诞生了。我自己写过这样一句诗,"它更像一只药瓶/每天装进我这颗胶囊"(《地铁》),"它"是指地铁。我把自己坐地铁的行为,用别的事物重新解释了一遍,就像是每天把一颗胶囊放进药瓶。我被看成胶囊,地铁被看成药瓶,我和地铁的关系,被看成胶囊和药瓶的关系,这样我坐地铁本无诗意的行为,立刻焕发出诗意来。相当于换了看药瓶和药的眼光,重新看地铁和我。第三种模式的关键是,原来是山的话,你不能说它还是山,得用水来解释山,得用天空来解释山,总之,得用别的东西来解释山,诗意才会诞生。

第三种模式与前面讲过的两种模式"a的b"和"a是b"稍有不同,它不要求a和b一定要隔得很远。我讲前面两种模式时,曾经提醒和强调,a和b最好不搭界。比如,"太阳"和"叹息"完全不搭界,所以,当你说"太阳的叹息",诗意就产生了。"太阳"和"阳光"靠得太近或太搭界,当你说"太阳的阳光",就毫无诗意。但是,第三种模式有些不同,不要求a和b隔得很远或不搭界。我举个例子。比如,"盘子"与"碗"隔得不远,可以说太搭界,这两个事物经常会被人放在一起,那么我能不能用"碗"重新解释"盘子"呢?完全可以!假设有《盘子》这首诗,我这样写:"碗只剩下了底。"碗只剩下了底,是不是就像盘子?当我用"碗只剩下了底"来解释"盘子",这句话也能创造出诗意,也是一个主观意象。我有个旅居日本的诗人朋友叫田原,他写过这样一句诗:"船走破了鞋。"本来船靠在岸边,已经损坏了,可能等待修理。可是,田原不直接说船破了,他偏用"走破了鞋",重新解释船损坏的样子,诗意立刻涌现出来。这里的"走",还是对船航行的重新解释,把船在水中的航行,看成一个人走路。广东诗人黄礼孩,写过这样一句诗:"石头羞于在水中展开翅膀。"他重新解释石头目前的什么状况呢?是一块石头放在水里的常见状态。可是怎样让这个场景有诗意呢?他重新进行了解释。就好像石头原本有翅膀,只不过它羞于在水中展开,导致石头在水中还是保持老样子。虽然样子未变,但我们理解这种样子的方式变了。石头其实什么也没做,只是我们看石头的方式变了,导致它在我们眼里跟过去不一样了,仿佛它坚硬的外壳里面藏着翅膀,让人感到陌生起来。

我们再来看闻一多的名作《死水》。我在课程中会反复用这首诗做例子,因为它非常典型。你可以看到第一节的四行,都是客观意象。第二节的四行,每一行都是第三种模式的主观意象。"也许铜的要绿成翡翠",诗人把铜生的绿锈,重新解释成翡翠,相当于换了眼光,把无用的绿锈看成无价之宝翡翠。"铁罐上绣出几瓣桃花",丑陋的铁锈在诗人眼里,被解释成美丽的桃花。肮脏的"油腻",被诗人看成漂亮的绸缎罗绮。水面闪着光的、油腻腻的一层污垢,一旦被解释成光亮亮的丝绸,臭水塘一下子就有了诗意。当然,闻一多故意这么解释,是为了达成一种讽刺的效果。水塘里漂浮着很多的霉菌,他把它解释成什么呢?解释成好看的云霞。因为太阳一照霉菌可能会蒸发,散在空中,他把霉菌的气体,解释为空中的云霞,来造成颇具讽刺意味的诗意,如同罗刹国,视丑为美。

第三种模式并不复杂,就看你能不能找到一个事物,用来解释另一个事物,这是产生诗意的关键。比方说海上落日,我们可以解释成别的什么东西呢?我有个学生徐琳玉,把海上落日解释成"溺水的头颅"。即将落下去的太阳,确实给人溺水的感觉,说它是"溺水的头颅",既生动又有诗意。当然,你也可以把海上落日解释成"落水的篮球""投给黑夜的漂流瓶",等等。总之,这样的重新解释,只要符合落日在海上的情景,皆会产生诗意。

下面来讲营造主观意象的最后一种模式,就是第四种错搭模式:让a去做a做不到的事。就是说,让一个事物去做它根本做不到的事,诗意就会诞生。比方说,诗人纪弦写过这样一句诗:"被工厂以及火车、轮船的煤烟熏黑了的月亮不是属于李白的。"从道理上讲,煤烟是不可能把月亮熏黑的,但诗歌不是用来讲常规道理的,诗人明知现实中不可能,偏偏让煤烟去做这件现实中做不到的事,设法让这件事在诗中实现,在诗中让煤烟把月亮熏黑。这样写,诗意立刻产生。所以，你会发现，诗歌在某种程度上，是去实现那些不可能的事。日常生活中不可能的或不可实现的事，在诗中却皆有可能。由此可见，诗是在创造新的可能性，能把现实中的不可能，变成诗中的可能。多多写过这样一句诗："孤寂的星星全都搂在一起。"星星不是人，不可能像人一样搂在一起，只能聚在一起。多多偏偏要在诗中创造新的可能，让星星去做人能做到而它做不到的事。特朗斯特罗姆写过一句诗："阴影在码头上格斗。"（《黑色明信片》，李笠译）码头上确实有很多阴影，有些甚至相互重叠，这本无诗意。可是，特朗斯特罗姆让阴影去做它做不到的事，就是让阴影们相互打架，在码头上格斗，这与阴影重叠在一起的情景，也十分相符。当然，"阴影在码头上格斗"，也可以看成第三种模式，诗人把阴影重叠在一起的样子，重新解释成它们在格斗。所以，同一个主观意象，有时可以用不同的模式创出来。

第四种错搭模式：你找到一个事物a，看a做不到什么事，然后偏让它去做。比方说，蝙蝠不可能开会，那你偏让蝙蝠去开会，诗意就产生了；太阳不可能洗澡，你偏让太阳沐浴着雨，诗意就产生了。雷和云也可以如法炮制。天上有那么多的雷和云，你可以说："雷赶来用大嗓门和云辩论。"雷和云不是人,不可能有能力做这种事。天上轰隆隆的雷声,被你看成是雷的大嗓门,你让雷去做它做不到的辩论之事,让雷和云像人一样去思考,诗意就会诞生。这种方法的本质是,把不可能变成可能。

讲到这里,你可能已意识到诗歌是什么了。诗歌在某种程度上,是让我们创造新的可能性,让我们跳出固见,跳出囚禁我们的观念之墙,让我们从现实中旁逸斜出,让我们脱身出来,让我们用想象力,去把不可能变成可能。这种创造对一个民族非常重要,其实是创造力的基础,是对想象力的维护,是语言活力的守护神。人们常津津乐道跨界,诗歌才是真正的跨界,它甚至能让无机物跨到有机物。我举几个诗歌的例子。阿多尼斯写过这样一句诗:"当日子解去纽扣入睡/我唤醒水和镜子。"(《昼与夜之树》,薛庆国译)日子不是人,怎么可能有纽扣可解呢?但是阿多尼斯偏把日子看成一个人,好像穿着衣服;每天的日子都跟另一天不一样,仿佛是因为它穿着不同的衣服,仿佛到了晚上,日子要宽衣睡觉。"我唤醒水和镜子",水和镜子不是人,当然不可能被唤醒,但诗人偏在诗中去做这种不可能的事,偏去唤醒水和镜子,这句话就变成了第四种模式的主观意象。我们在中小学就熟悉的拟人表达,其实就属于第四种错搭模式。索德格朗写过一句诗:"窗在凝视/墙在追忆"(《悲叹的花园》,李笠译)。让无生命的窗和墙,像人一样凝视和追忆,实际上就相当于把人的高能力,赋予低能力的窗和墙,它们原本不具有这种生命的智能。所谓拟人,就是把人的高能力赋予低能力的事物,等于让低能力的事物,做了它不可能做到的事,诗意就产生了。我们来看顾城的名作《一代人》:"黑夜给了我黑色的眼睛/我却用它寻找光明。"黑夜不具有给人黑眼睛的能力,黑眼睛是人类自己赋予自己的,通过遗传基因赋予的,但顾城偏偏让黑夜做它做不到的事,赋予人类黑眼睛。顾城之所以这样写,也因为黑夜本身是一个象征,象征着某种不正常的环境,好像夜晚的黑暗把人的眼睛也染黑了。诗人偏偏要用这双染黑的眼睛,去寻找光明。这句诗也相当于拟人表达,把人的高能力赋予低能力的黑夜。特朗斯特罗姆写过这样的诗:"有一个绿色领导/我向他申请。"(《夏天的原野》,李笠译)草不是人,它怎么可能有一个绿色领导呢?诗人相当于用拟人的方式,把草看成人类,将人的高能力赋予低能力的草,让它拥有人类的智能。这种拟人化的表达,就属于第四种模式创造的主观意象。

最后给大家看两首诗。关于第三种模式,我举夏宇写的诗作例子,题目叫《爱情》,如下:

> 为蛀牙写的
> 一首诗,很
> 短
> 念给你听:
> "拔掉了还
> 疼　一种
> 空
> 洞的疼。"
> 就是
> 只是
> 这样,很
> 短
>
> 仿佛
> 爱情

爱情出了问题,变质了,恋人就要分手。夏宇作为诗人，是怎样重新解释这种伤痛的爱情的？她用牙齿被虫蛀，来重新解释爱情出了问题，要把蛀牙拔掉，即两个人要分手。拔掉以后是什么状态呢？很疼，空洞的疼。两个人分手以后，因爱生恨，确实很疼。一直在一起的人突然离开了，身边突然没有了依靠，会产生空落落的感觉，所以说是一种空洞的疼，与拔掉蛀牙产生的疼，非常相似。夏宇用拔蛀牙的全过程，来重新解释爱情出问题后的分手，以及分手后的疼痛感，创造出第三种模式的主观意象。"就是/只是/这样，很/短"不只与拔牙后疼的时间不长相似，还不经意道出了现代人的情感德性——一切来得快去得也快，伤口也好得快。夏宇还写过一首诗叫《甜蜜的仇恨》，依然是写恋人分手，写得也很有意思，如下：

> 把你的影子加点盐
> 腌起来
> 风干
>
> 老的时候
> 下酒

刚分手的时候,内心充满了因爱导致的恨,恨不得要把"你的影子"加一点盐,腌起来,风干。你可以看出,这三行似乎给人咬牙切齿的恨意。可是随着岁月的推移,到了未来,这个曾经让她痛苦、痛恨的受伤之情,反倒变得美好起来,美好到"老的时候,下酒",成了美味的下酒菜。等于说,当初你投给我的阴影,现在变成了美味佳肴。我现在回想起来,可以津津乐道,像下酒菜一样,是一件很幸福的事。这首诗就是第四种模式营造的主观意象,就是让影子去做它不可能做到的事。影子是摸不着抓不着的,自然不可能加盐腌起来风干。可是诗人在诗里居然让它像腌菜一样,像鱼一样,可以腌起来,成为美味佳肴,这种新创造出的可能性,就让诗充满诗意。这首诗也道出了爱情的真谛:你曾经拥有的爱情,哪怕当时经历的时候很痛苦,但是记忆有强大的修复能力,有赋予浪漫的能力,有赋予诗意的能力,等到你回想过去时,再痛苦的经历,也会变得美好,令人回味无穷、津津乐道。如果大家有兴趣,可以把"草原上的羊群",试着用第三种和第四种模式,写成一个主观意象。如果可以写成:"草原上的羊群,它们聚在一起,准备庆祝某一只羊的生日。"这就是第四种模式。如果写成:"羊群:草原上盛开的白花",就等于把草原上的羊群,重新用白花解释一遍,就是第三种模式。无论用哪种模式,都会产生诗意。

第六阶 三个底层逻辑

这堂课我来讲新诗的底层逻辑。所谓底层逻辑，就是不管你写的是抒情诗，还是叙事诗，是田园诗还是哲理诗，是长诗还是短诗，这些诗表面上看迥然有别，其实都遵循一些共同不变的表达逻辑。因为这些表达逻辑，与诗的类别无关，它们沉潜在基本的诗句层面，成为建造各类诗歌的基础。所以，了解这些底层逻辑，对更好地欣赏新诗或写新诗极有帮助。我要给大家讲的第一个底层逻辑，就是意象的准确之道，即如何才能让营造的意象做到准确。大家都知道准确是写作的追求之一，可一旦追问如何才能做到准确，大家又都茫然无措。

我在前面讲过主观意象。主观意象的范围非常广，但是我们发现，在主观意象的广大世界里，有一些特别能触动人，甚至引人共鸣，这些很特别的主观意象，与其他的都不一样。我把这些很特别的主观意象，称为准确的主观意象。实际上，要想让主观意象变得准确，得让错搭的两个事物（不搭界的两个事物）又有一些关联。当我们用错搭来构造主观意象时，我们是用两个旧事物，或者说两个熟悉的事物，进行错搭，来产生一个新事物。比如，"太阳的长矛"或"月亮的面庞"里，太阳、长矛、面庞皆是旧事物，或者说是我们熟悉的事物，一旦用"a的b"的模式错搭，就产生了我们不熟悉的新事物"太阳的长矛"等。我们前面讲过，为了产生诗意，把它们错搭的时候，要求这两个事物要隔得远一点，不要搭界。如果只做到这一步，它肯定有诗意，但是不一定准确。如何才能做到准确呢？就是让这两个不搭界的、错搭的事物有一些关联！这几乎是一个矛盾的说法，既要错搭的两个事物不搭界，又要有关联。但是，这种乍看不合情理的要求，和由此造成的矛盾，恰恰是诗歌的追求。

如果有人说"叹息的石头"或"石头的叹息"，你会觉得很有诗意，因为它们是错搭。但是，它们不准确，因为很难想象石头与叹息有什么关联。如果你说"叹息的河水"或"河水的叹息"，这个主观意象就能触动我们了，因为叹息与河水虽然不搭界，但有关联：

河水会发出声音,叹息也是声音。既不搭界又有关联,就会产生既有诗意又准确的效果。意象一旦准确了,就能触动我们。诗人胡弦写过这样一句诗,"玻璃瓶像明亮的陈述"。本来"玻璃瓶"和"陈述"是没有任何关联的,它们也不搭界。如果你说"玻璃瓶像陈述",这个主观意象就有了诗意,因为两者不搭界,是一种错搭。除了有诗意,你能不能让这个主观意象再变得准确呢?你看胡弦在"陈述"前面加了形容词"明亮的",这样一来,"明亮的陈述"和"玻璃瓶"就有关联了。玻璃瓶是透明的、明亮的,"明亮的陈述"也是明亮的,两者因相似而产生了关联,就让"玻璃瓶像明亮的陈述"变得准确,能触动我们。

有诗意又准确,是主观意象的最高境界,其实也最难做到。就是说,在主观意象的广大世界里,有一部分主观意象,比其他的主观意象更难写,因为你错搭的时候,既要不搭界,还要有关联。这里面其实隐藏着人性的根据。人为什么这么喜欢矛盾的东西?是因为我们的人性里,本来就隐藏着悖论:既追求安全又追求冒险。安全对应着熟悉,冒险对应着陌生。两个熟悉事物的关联或相似,对应着安全,两个不搭界事物的错搭,对应着冒险。这是准确的主观意象,能触动我们的人性基础,或说心理基础。所以,人本质上是一个携带着辩证法的动物,本能地喜欢对立又统一。一个既有诗意又准确的主观意象,其实是让诗歌携带着矛盾体,这种矛盾体普遍存在于人类的所有文化中。比如,古希腊雕塑就充分体现了这样的矛盾。古希腊高峰期的雕塑,都采用了一种特别的姿势,叫对立平衡的姿势。你从波留克列斯特的《持矛者》,可以看到一系列的对立,又相互平衡、呼应。比如,两只手臂

持矛者 [古希腊]波留克列斯特

产生的用劲与放松的对立,被两条腿产生的用劲与放松的对立平衡。再比如,肩高与肩低的对立,被胯高与胯低的对立平衡。也就是说,希腊人发现,一个人的站立姿势,一旦呈现这种对立平衡,一旦体现出一系列的矛盾,那么人的姿态就是优美的,能打动人的。

我给大家看三组意象的对比,如下。

无诗意的意象

我的抽屉

我家的烟灰缸

瀑布的水花

月亮的天空

有诗意不准确的意象

雨的抽屉

土地的烟灰缸

瀑布的口袋

月亮的烟花

有诗意又准确的意象

云的抽屉

山谷的烟灰缸

瀑布的银链子

月亮的白孝衣

上面三组词语搭配,分别是无诗意的搭配、有诗意不准确的搭配、有诗意又准确的搭配。比如,当你说"我的抽屉"的时候,因为我和抽屉靠得太近了,我们常进行这样的词语搭配,不符合不搭界的错搭要求,自然不会产生诗意。你说"我的心""我的肺",也是一样的无诗意。如果说"雨的抽屉",因为雨与抽屉不搭界,平时我们不会把它们放在一起,当你进行这样的错搭,就会产生诗意。但是"雨的抽屉"并不准确,如果你把"雨的抽屉"改成"雨的长矛""雨的子弹""雨的箭镞"等,你会发现,它既有诗意又准确。因为"长矛""子弹""箭镞"与空中坠落的"雨",有形状上的相似,由此产生了关联。改成"云的抽屉"也既有诗意又准确,因为云与抽屉不搭界,但它的形状千变万化,就有可能与抽屉相似,从而产生形状上的关联。再看"我家的烟灰缸",这是常见搭配。因为"我家"和"烟灰缸"靠得太近了,家里通常会有烟灰缸,并不稀奇,不会产生诗意。如果你说"土地的烟灰缸",因为"土地"与"烟灰缸",本不搭界,放在一起就产生了诗意。但是"土地的烟灰缸",不会让人觉得准确,因为"土地"与"烟灰缸"没有关联。可是一旦改成第二组的"山谷的烟灰缸",就准确了。因为"山谷"与"烟灰缸",它们都有凹下去的相似形状,这样就产生了关联。"瀑布的水花"是常见搭配,不会有诗意。"瀑布的口袋"因"瀑布"与"口袋"不搭界,虽有诗意,但两者没有关联,故不准确。"瀑布的银链子"里的"瀑布"和"银链子",除了不搭界,还因光泽和形状相似,两者有了关联,因此,这个意象既有诗意又准确。再比如"月亮的天空",这是最常见的搭配,因为"天空"与"月亮"总是在一起,永远在一起,你读到"月亮的天空",就不会觉得有诗意,它们彼此靠得太近了。如果说"月亮的烟花",由于"烟花"与"月亮"不沾边、不搭界,"月亮的烟花"虽有诗意,但不准确,我们找不到"月亮"与"烟花"之间的关联。所以,当你改成"月亮的白孝衣",因为月亮经常给人灰白的感觉,那么它与白孝衣由于有相似的白色,就产生了色彩上的关联。"月亮的白孝衣"从而既有诗意又准确,因为它同时满足了既不搭界又有关联的要求。我举个例子。诗人马铃薯兄弟写过这样一句诗(摘自

《巡行》):

风迎面扑来

如满天的箭镞

首先风与箭镞不搭界,它们的错搭满足了产生诗意的要求。同时细想,又会发现风与箭镞的关联,冷风强劲时,真有箭镞的锋利,刮在脸上有割肉般的疼痛,这也是箭会带给人的感觉。所以,这句诗既有诗意又准确,容易让人产生共鸣。

下面来讲第二个底层逻辑。我讲意象对于诗歌的重要性时,可能有人会说,意象诗只是诗歌里的一个小分支,所以,我们不能把意象诗扩展为整个诗歌的主体。这个说法其实站不住脚。为什么?一旦不去管诗歌的分类,而把目光聚焦在诗歌的句子上面,就是聚焦在诗歌本身,你会发现所有的诗,只由两个部分构成,一是直抒胸臆,二是意象,概莫能外。就是说,诗歌是由直抒胸臆和意象构成的,而我们又把意象分成两种:客观意象和主观意象。所以,诗歌的第二个底层逻辑就是,所有的诗皆由直抒胸臆、客观意象、主观意象构成。它们就像诗的三种成分,任何一首诗,或由三种成分中的一种构成,或两种构成,或三种构成。

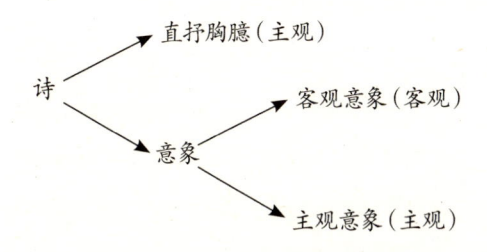

```
         ┌──→ 直抒胸臆(主观)
         │
   诗 ───┤           ┌──→ 客观意象(客观)
         │           │
         └──→ 意象 ──┤
                     │
                     └──→ 主观意象(主观)
```

　　直抒胸臆、客观意象、主观意象可以产生很多组合。有的诗只由直抒胸臆构成;有的诗由直抒胸臆和客观意象构成;有的诗由直抒胸臆和主观意象构成;有的诗全部由客观意象或主观意象构成;有的诗由客观意象和主观意象共同构成;有的诗除了有客观意象和主观意象,还有直抒胸臆。比如,完全说理的诗,纯粹的哲学诗,就由直抒胸臆构成;口语诗,主要由直抒胸臆和客观意象构成,主观意象的用量很少;有些晦涩难懂的诗,完全由主观意象构成。了然这样的底层逻辑,再加上我们对意象进行的主客观分类,便能大大简化问题,洞悉诗歌的诸多秘密。也就是说,当我们把视线聚焦到具体的诗作时,可以一目了然诗中的这三种成分,加上我们已了然三种成分各自的作用,那么对于理解诗歌、写出诗歌就极有帮助。

我们看纪弦的诗《在地球上散步》,可一目了然诗中的三种成分,边界清晰。

> 在地球上散步,
> 独自踽踽地,
> 我扬起了我的黑手杖,
> 并把它沉重地点在
> 坚而冷了的地壳上,
> **让那边栖息着的人们**
> **可以听见一声微响,**
> **因而感知了我的存在。**

宋体字部分是客观意象,描绘我散步时,用手杖点了下大地。楷体字部分是主观意象,说地球那边的人,会听见我在这边用手杖点地时的一声微响。这显然是不可能的事,是诗人在脑海里臆想出来的事物。黑体字部分是直抒胸臆,直接用议论来解释前面的意象。

索德格朗是北欧的重要诗人,他写过一首诗叫《星星》(李笠译),如下:

116

夜来了，

我站在门梯上聆听。

星星在花园里涌动，

我在黑暗中伫立。

听，一颗星星鸣响着坠落！

请不要光脚走入草丛：

我的花园布满了碎片。

"夜来了/我站在门梯上聆听"是客观意象，"星星在花园里涌动"是主观意象，因为这是现实中不存在的事，星星既遥远又比花园大得多，怎么可能在花园里涌动呢？"我在黑暗中伫立"是客观意象。"听，一颗星星鸣响着坠落"这又是主观意象，星星坠落在别的星球上属正常之事，但无害地坠落在花园里，属不可能的事。"请不要光脚走入草丛"，这是通过提醒产生的客观意象，提醒客人不要光脚走进去。"我的花园布满了碎片"，这是主观意象，因为碎片不是普通的碎片，是星星的碎片，完整的句子应该是："我的花园布满了星星的碎片。"一旦用前面的分类，来重新观察诗歌，诗中的成分可谓一目了然。对诗歌内部进行这样的辨析，非常利于我们去欣赏诗和写诗。

下面来讲第三个底层逻辑。既然意识到所有的诗都是由两部分构成的，即由意象和直抒胸臆构成，意象又分为客观意象和主观意象，那么为什么说要尽量用意象去写诗，而不是尽量用直抒胸臆去写诗呢？原因是，意象有直抒胸臆无法替代的优势。我在这里给大家展示直抒胸臆与意象运用的优缺点。比如，如果我想写站在街上感到闷热的感受，用直抒胸臆一般会这样写："我站在街上感到闷热难耐。"我的散文家朋友周晓枫，夏天从海岛回来后，为了传递在海岛街上的酷热感受，她用了一个意象来表达："我初次站在热气腾腾的街道，像个快熟的肉包子。"她没有用直抒胸臆，直接说自己觉得如何热，热得怎么难耐，她构造了一个意象，来间接表达热的感受。这种表达的好处在哪里呢？意象会立刻让我们进入蒸包子或煎包子的情境，设身处地地设想，如果自己是包子，闷在蒸笼或煎生煎包的铁锅里，是何等酷热。由于每个人对把肉包弄熟的场景有各种各样的不同联想，这样就提供了对酷热的各种感受和理解。比单纯说我站在街上感到闷热难耐，不只感受上要强烈得多，也比"闷热难耐"的单一说法，要丰富得多，就生出一定的多义性。众人联想的情景可谓五花八门，导致关于热的意味就多起来,甚至难以穷尽。联想不同,感受也就不同。

意象能先绕开你的理性,让你先直接感受到酷热的恐怖,再推动你用理性去理解。这是用意象表达的妙处、好处,是直抒胸臆没有的优势。同时意象还能触及我们的潜意识。所谓潜意识,就是我们根本意识不到的那些意识。连意识都意识不到,都不知道"胸臆"在哪里,我们如何能用直抒胸臆去表述呢?可是一旦用意象去表达,这一形象事物可以直接作用于我们的感官,会产生理性还没有苏醒时的诸多感觉,这些感觉就有可能会撬动潜意识。比如,你在理解意象之前,就对某个意象心有戚戚或反感,背后就是潜意识在起作用。

当然,如果非要用直抒胸臆来产生多义的理解,我们只能求助悖论。沃尔科特写过这样一句诗,就是用的直抒胸臆,"它的所有漠然,都是有个性的愤怒"(鸿楷译),这是一个矛盾的说法。他其实用直抒胸臆表达了一个悖论,大家平时说的漠然,是不动声色,不激动,而愤怒恰恰要付诸表情或身体的动作。但沃尔科特表述的悖论会使我们理解,此人正被两股相反的力拉扯着,表面的平静和内心的巨大动静,如同拔河双方在角力,形成理解上的张力。我们的理解究竟会落在"漠然"和"愤怒"之间的什么位置,因人而异。总之,不会落在单纯的"漠然",也不会落在单纯的"愤怒",而会落在它们之间模棱两可的灰色地带,多义由此产生。我曾写过一句直抒胸臆的诗——"沉默里,也许有更丰富的言辞",沉默和言辞本是矛盾的,但两者此刻的合作,会造成诸多意味。这种可以产生多义的悖论,一学就会,一会就容易模式化,因为直抒胸臆要产生多义,只此一法,会造成犹如万人过独木桥的场面。你很容易就写出一堆悖论来,什么"开始就是结束""好就是坏""幸福就是悲伤""恨就是爱",等等。你甚至可以说得没心没肺,跟你的情感没什么关系。但是意象就不一样,它有千千万万的情境,各种各样的个人联想,不容易雷同,不容易模式化。

爱伦·坡在悼亡诗《安娜贝·李》(节选,吴兴禄译)中,就是用直抒胸臆表达伉俪之爱,如下:

有个姑娘你可能知道,

名字叫安娜贝·李。

她不怀有别的心思,

除了和我相爱相昵。

从英语翻译过来后,诗歌原来的格律丢掉了,变成了汉语中直抒胸臆的散文句子。诗里的姑娘是他的妻子,年纪轻轻就病故了,他以此诗表达伉俪之间深厚的爱。没有了音乐形式携带的诗意,诗句就沦为汉语中诗意寡淡的直抒胸臆。同样是表达爱情,席慕蓉有一句诗,就用了一个主观意象。她不直接说我多么爱你,而是用主观意象来暗示。

> 当你走近
>
> 请你细听
>
> 那颤抖的叶
>
> 是我等待的热情

诗人说自己就像叶子一样,为爱人的临近,激动得战栗。通过叶子的颤抖,我们感受到了"我"情感的深厚,如岩浆暗中涌动的激情。不同的人还会赋予它不同的理解。"颤抖的叶"还可以理解为羞怯的爱,紧张的爱。不同植物的叶子,或不同的生长情景,带给人的感受也不一样。一个简单的意象,因此变得多样和多义。

我再给大家展示顾城写的《铁铃》(节选),来让大家体会意象诗与非意象诗的差别。

> 我还是我,是霸道的弟弟
> 我还要推倒书架,让它们四仰八合
> 我还要跳进大沙堆,挖一个潮湿的大洞
> 我还要看网中的太阳,我还要变成蝴蝶
> 我还要飞进古森林,飞进发黏的琥珀
> 我还要丢掉钱,去到那条路上趟水
> 我们还要一起挨打,我替你放声大哭

顾城是写弟弟和姐姐之间的情感,他没有直接说他和姐姐情感多么深,他写的全是意象。"我还是我,是霸道的弟弟",你看"霸道的弟弟"就意味着姐姐要让着他,体现出姐姐对他的情感。"我还要推倒书架,让它们四仰八合""我还要跳进大沙堆""我还要飞进古森林""我还要丢掉钱"……这些说明姐姐在惯着他,非常宠着这个弟弟。"我们还要一起挨打",肯定是指弟弟犯了错,姐姐被连坐。"我替你放声大哭",即指小时姐姐犯了错,他心甘情愿连坐,为姐姐而痛哭,体现出他对姐姐的深爱。你可以看出,他没有为姐姐与弟弟不可分割的情感,说明半句话,只是描绘了一系列的意象，但情感全都通过意象传递出来了。每个人去理解这堆意象，感受都不太一样，里面蕴藏的主题也是多样的，所谓见仁见智。这比直抒胸臆不仅深邃，也适合不同年龄、不同职业的人，对这种情感的理解，让他们产生移情作用。这种表达方式，特别经得住也值得慢慢去挖掘。甚至不同时刻读，感受到的情感层次也不一样，赋予它的主题也不一样，这是直抒胸臆无法比拟的优点。

最后我给大家看一首洛尔迦的诗《蜂房》（赵振江译），也是用意象写成的，如下：

> 我们生活在
>
> 水晶的监狱，
>
> 空气的蜂房！
>
> 我们透过水晶
>
> 相互亲吻。
>
> 美妙的监狱！
>
> 它的门
>
> 就是月亮！

《蜂房》很有意思，不是写蜜蜂待的蜂巢，是写我们待的地球。用看蜂房的眼光,来看我们生活的地球,换眼光换得很妙。因为整个天空是透明的,他就把天看成是水晶的监狱,把我们囚禁在地球上。我们本以为海阔天空的地球,经这样一换眼光,突然变成了"狭小"的蜂房,原来我们住在"蜂房"里。这"蜂房"虽然大,但依旧是一座监狱。"空气的蜂房""水晶的监狱",也是前面讲过的错搭,极有诗意。空气的蜂房,让我们可以想象,空气就是蜂房,把我们笼罩。

"我们透过水晶/相互亲吻",是说空气是透明的水晶,会让我们有相互接触的感觉。风可以把空气带过来,你嘴边的那阵风,可能会吹到我嘴边,就好像两人通过透明的水晶相互亲吻。若如此,那倒真是"美妙的监狱"。而门开在"蜂房"的墙壁上,此门就是月亮。月亮就好像开着的门,因为其他地方都是黑的,只有月亮是亮的,如同蜂房的出入口。大家可能见过蜂房,所有蜜蜂只要见到亮的地方,都会认为是蜂房的门。因为对蜜蜂来说,蜂房只有出入口是亮的。洛尔迦利用关于蜜蜂的知识,来营造描述人类生活的意象,写得非常好,可以说大大提高了我们对自身和地球局限性的认识。意象里面可以容纳的感受很多,但他并未直接说。一旦把地球天地想象成一座监狱,想象成一个蜂房,不需要解释,你就能更好地窥见人类生活的真相。当然,他把这个监狱写得很美。这种意象表达有多义性,每个人从中可以提取不同的主题。心情不好的时候,你真会觉得,你好像被关在地球上,无处可逃。心情好的时候,你会觉得住在这么美丽的房子里,水晶般的房子里,空气的蜂房里,真是美妙的享受。因为在一个有空气的房子里,你可以观看太空,却不会窒息。毕竟太空没有空气,只有你住的这个房子里有空气,你是透过月亮这个门去看太空的,这是多么美妙的事。你看,从同样一个意象,我们获得的感受,可以很不一样。

第七阶 客观意象染色法

这堂课来讲如何用客观意象写诗。从前面的课程我们已经知道,客观意象是现实中存在的形象事物,或可能存在的形象事物。物体或物象,就是现实中存在的形象事物。一支铅笔,就是物体;一派田园风光,就是物象。就写作而言,客观意象存在一个缺点:它本质上是没有偏向的事实。写作本身是寻求意义的作为,面对客观意象的无倾向,我们又如何用客观意象来写诗呢?

我们先来考虑这样的问题。因为客观意象是对现实世界的描绘,我们碰到的第一个问题就是,如何把日常生活变成文学。日常生活恰恰是由无数事实构成的。如果你早晨起来,开始记录一天干的所有事,比如,先刷了牙,再洗了脸,再吃了早餐,一直记录到晚上睡觉为止,你会发现,这一天记录下来的都是事实;哪怕这一天记录的事实再多,它们也无法告诉你,你这一天做这么多事的意义在哪里,因为事实本身是客观的,不会表达任何倾向、说出任何看法。比方说,桌上放着一只水瓶,这是事实,也是客观意象。这个事实有什么意义呢?水瓶、桌子无法告诉你,客观意象"桌子上放着一只水瓶"也无法告诉你。因为事实本身无倾向、无意义,我们的生活恰恰由这些无倾向、无意义的事实构成。为了让事实变成文学,你必须让事实有倾向、有意义,怎么才能做到呢?

比如,你可以这样说,来让事实有倾向:桌上有一只水瓶,它很好看。

桌上有一只水瓶。(事实,客观意象,无倾向)

桌上有一只水瓶,它很好看。(真实,有倾向)

"它很好看"是一个判断,是你看到这个景象,赋予的一个倾向或意义。一个事实一旦被赋予了倾向或意义,就会摇身一变,变成真实。所谓的真实,就是赋予事实合理的倾向或意义。文学并不关心事实,它只心系真实。所以，如何用客观意象写诗的问题，也就变成，我们如何赋予客观意象合理的倾向或意义。人在日常生活中同样也渴望真实，不会对事实心满意足。我们每天都被各种杂乱无章的事实包围着，不会满足于这种毫无头绪的状态，会本能采取一些措施，来赋予事实以意义。比如，很多人年底要做的年终总结，就是把意义赋予一年所做各种事情的方法。这样的意义，既让你安心，也让老板安心。人在生活中最不能忍受的，是无意义。如果高考或留学对你无任何意义，你也就无动力去报考或留学。人们赋予高考或留学的意义，无非是会有更好的前程，未来会有更多生存的机会，等等。

人同样会把追求真实的渴望，充分体现在文学中。从人类学来讲，文学其实体现了人的生存需要，即对意义的需要。只不过文学对意义的体现，不是说教式的，是让人通过感性去体会。如果有人说，我写的东西就是追求没有意义，基本上是两种情况必居其一：一种并非他内心的真实想法，不过是一种说辞，如果作品真的没有意义，完全可以放进抽屉，不必拿出来发表；还有一种情况是，很多作家写作时，不自觉地采用了诸多暗示技巧，他并不自知，他觉得好像没有赋予作品什么意义,实际上一旦发表,作品的解释权已经不归作家,已经属于读者——一般读者或专业人士。熟悉这些暗示技巧的专业人士或一般读者,就可以从中读出各种各样的意义。就如同贝克特的戏剧《等待戈多》,或加缪的小说《局外人》,里面人物的生活看似不寻求任何意义,可后人读出的意义还少吗?历朝历代对经典的诠释,所谓读出的诸多意义,都是作品的一部分。好的作品,可以不断地阐释,不断地赋予它意义。如果一部作品真的没有意义,它作为文学也就不成立。

客观意象作为现实世界的一些事实,如何才能把它变成文学呢?当然是要赋予它倾向或意义,让它变成真实。这种赋予意义的方法,我把它称作染色:通过添加有倾向或情感的文字,使客观意象不再客观,而有了倾向或意义。比方说,北岛写过这样两行诗:"羊群溢出绿色的洼地,牧童吹起单调的短笛。"光看这两句,说实话,它只是一个客观意象。虽然"牧童吹起单调的短笛"里,含有一丁点判断,即用了"单调",显现出对短笛的感受,总体来讲,这两句都是客观意象,都没有传递出真正有效的倾向,它们到底要表达什么,你读完并不知道。但是看了诗的标题,你就明白它要说什么，诗的标题是《信仰》。"信仰"替这两个客观意象说话了，传递出了某种意义。原来诗人想通过两个客观意象，描绘我们的信仰。我们的信仰既像这样的洼地，也像单调的短笛。羊群从洼地里跑出来，就像我们的信仰处在突围的状态，信仰像短笛，既迷人也单调。你看，北岛是用诗题来让客观意象产生倾向和意义，即让客观意象染上意义之色。

除了眼见的事实，还有一种事实是想象出来的，我们把这种想象的事实，叫作事象。它和事实的性质一样，也不说话，也不提供意义。比方说，卡夫卡写过一篇小说《变形记》，小说一开头，就写一个叫格里高利的男子，早上起床时发现自己变成了一只甲虫。人变成一只甲虫，就是一个事象，是想象出来的事实。"人变成甲虫"的这个事象，并没有直接告诉你事象的意义所在。它的意义怎样才能获得呢？为了告诉你事象的意义，卡夫卡就得继续往下写。他要写格里高利变成甲虫后，如何被家人对待，通过他和家人产生的种种纠葛，读者才能了解到他变成甲虫的意义。就相当于为"人变成甲虫"这个事象，做一个染色，让它染上意义之色，使之不再无倾向。下面是一首古诗，孟浩然的《春晓》。

> 春眠不觉晓，处处闻啼鸟。
>
> 夜来风雨声，花落知多少。

在"花落知多少"这句出来之前，读者并不知道前面每一句的客观意象要表达什么，只是觉得春天的意象很美，可最后这句一出来，就好像给前面的所有客观意象，都染上了对花的忧心之色。花因春而开，又因春雨而落，人置身其中，既享受又忧心。"花落知多少"是直抒胸臆，用来染色，花是对女子或美好事物的象征，"花落知多少"就传递出对美好陨落的惋叹。这一惋叹，也使得前面的客观意象不再客观，都染上了忧心之色。"处处闻啼鸟""夜来风雨声"不再客观，已成摧花的动静。如同前面讲的，北岛用《信仰》这个标题，让"羊群溢出洼地"和"牧童吹短笛"两个客观意象，染上了信仰之色。一染色，客观意象就有意义了。卡夫卡则用格里高利和他家人之间的疏离和冲突，来为他变成甲虫这个事象染色，使得人变甲虫这个事象，成了人在现代社会中遭遇异化的隐喻。

染色这个方法特别简单，是把客观意象变成诗的法宝。你只需在诗里添加有情感或思想倾向的文字，就能使客观意象不再客观，而染上倾向或意义之色。

我举个例子,王之涣的《登鹳雀楼》。

> 白日依山尽,黄河入海流。
> 欲穷千里目,更上一层楼。

大家都熟悉"白日依山尽,黄河入海流",你若只知道这两句,你了然王之涣要表达什么吗?当然不会知道,因为这两句是客观意象,是眼见的事实,除了美并无倾向,不会告诉你什么。可是,一旦添上后两句"欲穷千里目,更上一层楼",直抒胸臆的这两句,直接把意义告诉你了。知道了后两句,再看前两句,原本无意义的前两句,就好像也染上了意义之色,不再客观了。后两句是讲山河壮阔,要想看得更远,必须再登高。以此意义观照"白日依山尽,黄河入海流",会让人觉得,山河不只广大、美丽,还有着没有被世人了然的东西,包括神秘。前两句描绘的山河,成为还没有被世人穷尽的所在,登高一层,才能做到了解得更多。世人面对的,是一个他想了解却远未穷尽的自然。这让我想起达·芬奇画作《蒙娜丽莎》中的自然,同样是画家眼中无法穷尽的所在,与拉斐尔画作《草地上的圣母》中的自然,迥然有别。拉斐尔认定自然已在他的掌握之中,并无达·芬奇感受到的神秘莫测。

我们来看自由诗,博尔赫斯的《囚徒》(王央乐译):

> 一把锉刀。
>
> 沉重的铁门的第一扇。
>
> 总有一天我将获得自由。

只看前两行,读者会一头雾水,不知诗人罗列两样东西,究竟何意。因为前两行是客观意象,是事实,未告诉读者任何想法。直到"总有一天我将获得自由"出现,才恍然大悟,原来那把锉刀,可以用来锉门,令门打开。你看,最后一行直抒胸臆,让前面两行客观意象,都染上了行动的意图。

顾城写过一首短诗《远和近》,如下:

> 你,
>
> 一会看我,
>
> 一会看云。
>
> 我觉得,

> 你看我时很远,
>
> 你看云时很近。

仅仅看第一节,你不会知道顾城要说什么,因为第一节都是客观意象。顾城在第二节直接把想法说出来了,用的是直抒胸臆。你看着我的时候,你离我很近,我却觉得很远,你看着云的时候,你的目光离我很远,我却觉得很近。我们靠近时内心却是疏远的,当你看云时,好像因为我们都热爱自然,彼此的心又靠得很近。这样的直抒胸臆,也让第一节的客观意象,染上了别样的意义。"一会看我""一会看云",传递出内心的纠结、拉扯,仿佛有两股力量在内心角力。染色之所以可以让客观意象变成诗歌,原因是它也相当于错搭,相当于客观事实与主观感受进行错搭,客观事实与主观感受当然是不搭界的。当然这种错搭,与前面讲的主观意象的错搭,还是不太一样。主观意象的错搭,有更强烈的陌生感。主观意象的错搭,是用两个不搭界的客观意象错搭,错搭产生的意义靠暗示,就比用客观意象与主观感受进行错搭要神秘,因为后者的意义,是靠主观感受说出来,更容易了然。当然,如果你染色染得好,也能提高客观意象的诗意浓度。就像顾城在《远和近》里,把第二节用来染色的主观感受,写成了一个悖论:远和近的悖论。这样含着悖论的直抒胸臆,本身就自带诗意,这是为何顾城这首不含主观意象的诗,诗意浓度依然能被众人认可的原因。

相对来讲,用客观意象写诗,不太容易产生浓烈的诗意。这个真相,其实也道出了口语诗难写的症结。因为口语诗主要由直抒胸臆和客观意象构成,仅仅靠客观意象和直抒胸臆传递出浓烈的诗意,其实相当难。我不反对用口语写诗,我自己写诗也会融汇一些口语,但上述真相也告诉我们,如果完全用口语写诗,写出好诗的难度太大,对人的天赋要求太高。所以,对常人而言,你反倒不如更多地使用主观意象去写诗。相对来讲,主观意象比较容易创造出来,对多数人,这可能是更便捷的一条路。

给客观意象染色的方法,有对比、说明、穿插等。我先讲对比。诗人赖特的《父亲》(张文武译)中,有一节由客观意象构成的诗,如下:

那是我的父亲在海边的码头徘徊。

他怒气冲冲地来回大吼,

> 冲着那起起伏伏的海流,
>
> 却只听见一声冷冷干咳,
>
> 他看见了迷雾中的桨手。

诗中包含声音强与弱、多与少的对比。父亲在码头不停大吼,制造出声音的"方阵",仿佛能压倒周围的一切。面对父亲声音的巨大压迫,一个桨手的一声干咳,乍看势单力薄,与大吼相比力量悬殊,可正因为反差巨大,当强弱双方同时呈现在众人面前时,人们往往会本能地站在弱者一边,同情弱者。这是人类普遍的心理,原因就在,人人都害怕一旦自己落入同样的境地,无人伸出援手。人倾向同情强弱对比中弱的一方,这一心理可以为诗歌表达所用。所以,当你读到赖特对比强烈的诗句,意义便自动产生了,你会想到那一声干咳背后的无所畏惧、不屑一顾的冷嘲热讽。从这一对比,我们甚至能感到,那个强大的声音"方阵",正被这一声冷冷的干咳瓦解。你看,对比未作一句评论,却把诸多意义塞进了客观意象。所谓对比,就是让诗句含有强弱、大小、多少、好坏等的对比,读者从中会自动获得意义,可谓一种不动声色的染色。

我再举多多和胡弦诗中对比的例子,如下:

一百年内才摇一次头

一千年内才见一回面

——摘自多多《醒来》

后山,群鸟鸣啭,

有叫声悠长的鸟、叫个不停的鸟,

还有一只鸟,只有短促的喳的一声

——摘自胡弦《异类》

多多诗中的"一百年""一千年",对个人是漫长的,尤其对个人生活中的"摇一次头""见一回面",就更加显得漫长。对比的反差极大,赋予摇一次头或见一回面十分重大的意义。胡弦诗中的"群鸟鸣啭",是对比中强大的一方。本来拿一只鸟的鸣啭与"群鸟鸣啭"对比,力量已经悬殊。可诗人进一步扩大悬殊,让一只鸟只叫"喳"的一声,用这声"喳"与"群鸟鸣啭"对比,立刻就显出这声"喳"的非凡意义。让人意识到,这是一只特立独行的鸟,不人云亦云的鸟。

第二种染色方法,是直接说明。如果你写了一个客观意象,怎样让它有意义呢?你只需把它的意义直接说出来。诗人林焕章写过一首诗《空》,如下:

鸟，飞过——

　　天空

　　还在。

"鸟，飞过——"是客观意象，他紧接着做了一个说明：天空还在。乍看这个说明似乎多余，如同废话，实则一点也不多余。正是这个说明，提醒我们天空的存在。平时我们的关注点不在天空本身，关注点在天空中的飞鸟、云、飞机、太阳、月亮、星辰等。虽然飞鸟飞过前后，天空始终在，但有鸟飞过前，我们并不关注天空。恰恰是鸟的飞过，让我们感受到了没有鸟的天空。"天空//还在"这个说明，提醒我们天空没有跟着鸟飞走，这时，我们才意识到平时对天空的忽略，诗的意义就出现了。天空巨大的存在，一直没被人感受到，只有鸟飞过以后，通过诗人的说明提醒，人才意识到平时的疏忽，开始感受到它的存在。所谓说明，就是在呈现客观意象之后，用直抒胸臆加以说明，来提供意义。

　　波兰诗人安娜写过一首三行诗《在一块草地上》（李以亮译），如下：

> 一朵白色雏菊
>
> 和我紧闭的双眼
>
> 它们为我们抵御这个世界

前两行使用的皆是客观意象,仅仅读完前两行,你并不知道这首诗要表达什么,紧接着,诗人在第三行中直接说出了意义——"它们为我们抵御这个世界"。为什么说白色的雏菊和我紧闭的双眼,能为我们抵御世界呢?因为世界是不完美的,充满污秽,我紧闭双眼就可以不看它,不受污染。而白色的雏菊代表纯洁和希望,也能成为抵御污秽的力量。一个纯洁的精神世界,当然能为不满足于现实的人提供慰藉。你看,一句说明,可以让你看到诗中客观意象的意义所在。

下面来看卞之琳的著名短诗《断章》——

> 你站在桥上看风景,
>
> 看风景人在楼上看你。
>
> 明月装饰了你的窗子,
>
> 你装饰了别人的梦。

这首诗大家应该都熟悉,第一节,"你站在桥上看风景/看风景人在楼上看你"用的皆是客观意象。如果仅仅写了这两句,你并不知道卞之琳要表达什么。紧接着他写了第二节:"明月装饰了你的窗子/你装饰了别人的梦。"虽然第二节是主观意象,但依然可以看成是一个说明,因为它解释了第一节的意义,赋予了客观意象一种色彩和倾向。看到说明就明白,你醉心于风景,而别人醉心于你,你也成了一道风景,成全了别人的美好。此说明,让前面的客观意象不再客观,开始有了诸多意义。我们写诗歌时,为了提高诗歌的诗意,会采用一些主观意象。你可以看到,卞之琳写的第二节除了用来染色,也通过营造的主观意象,提高了这首四行诗的诗意浓度。

还有一种染色方法叫穿插,其实是说明的特例。前面讲的说明,可以置于诗中的任何位置,多数说明放在客观意象的后面,如果是插在一些客观意象中间,就被一些学者称作穿插。默温写了一首三行诗《又一个梦》(沈睿译),如下:

我踏上了山中落叶缤纷的小路

我渐渐看不清了,然后我完全消失

群峰之上正是夏天

诗中的第二行"我渐渐看不清了/然后我完全消失",就是一个穿插说明,它用直抒胸臆的方式提供了一种判断。如果去掉这个穿插,你并不知道默温要说什么。穿插部分有一种快乐的语调,传递出"我"在山中的自得其乐,哪怕我迷路了或被山岚笼罩。以此再观穿插前后的客观意象,会让人觉得,正是夏天提供了让"我"自得其乐的契机。穿插让客观意象具有了"契机""自得其乐"等内涵。所谓穿插,就是将直抒胸臆的说明,插在一些客观意象的中间,以此给客观意象染色。

前面讲的说明,也可以看作广义的穿插。就是说,广义的穿插不一定非要插在客观意象的中间,也可以插在首尾。索德格朗也写过一首三行诗《小老头》(李笠译),如下:

小老头在数着鸡蛋。

他每数一次,蛋就少一个。

啊朋友,别给他看你们的金。

144

前两行是客观意象,紧接着作者用了一个说明来染色,也可以把此说明看成广义的穿插:"啊朋友,别给他看你们的金。"光凭前两行,你并不知道怎么回事,当诗人在末尾加上此穿插,你立刻会明白,诗中的"小老头"会耍诡计,会拿走别人的东西,你要是给他看黄金,他会越数越少,少掉的部分,就是他获得的部分。用此穿插染色,将人性的贪婪,淋漓尽致地揭示了出来,令前面客观意象的含义得到了凸显。洛尔迦写过一首短诗《序曲》(赵振江译),如下:

> 耕牛
>
> 缓缓地
>
> 垂下眼皮……
>
> 畜栏里的热气。
>
> 这是
>
> 夜的序曲。

仅仅看前四行的客观意象,真不知道他要说什么,但是,当他说这是"夜的序曲"。你会突然明白,前面的客观意象,意味着一个夜晚的开始。而这个夜晚的开始,给人消沉的感觉。畜栏里冒着热气,耕牛垂下眼皮,它要进入梦乡了。也就是说,诗人描绘了与白天不一样的另一个世界的开始。如果不加"夜的序曲",你并不会想到这些。但有了这个说明,你就会意识到,夜晚还是挺单调、枯燥、漫长的,因为光是夜晚的开端,给我们的感受就不怎么好,不怎么积极,让人感到消沉。置于末尾的说明,能给前面的客观意象提供意义,使读者解读诗歌时,加深对前面的客观意象的理解,读出更多的意味。

第八阶　平衡之道

这堂课讲新诗中的平衡之道。所有好诗都会遵循这类平衡之道，也可以说是中庸之道。因为种种原因，中庸之道有点声名狼藉，给人左右逢源的失格印象，其实它是好作品都青睐的形式规律。如果我们意识到，影响或管束着我们日常审美的人性，同样也影响或管束着我们作品的审美，那么我们对这种平衡之道的力量，就会有更真切的感受。

我举个例子。贝多芬作的一些曲子，当时很多保守人士会觉得他太先锋，可是很多先锋人士又觉得他太保守。这一现象说明了什么？说明他的作品是新旧融合的产物，已遵循新与旧的平衡之道。这正是经典得以流传的真正原因。新与旧的平衡背后，隐含着人对冒险与安全的平衡需求。这与一个职业女性做发型的需求，别无二致。如果发型太奇特，固然引人注目，可是不会被同事真心接受。如果发型太老套，固然不会给同事带去格格不入的感觉，却也不会被同事注意和欣赏。只有新旧融合的发型，才能做到既让人眼睛一亮，又不觉得格格不入。我们对服饰审美的态度也是一样的，既不会把时装节上最奇葩的服饰穿在身上，也不会满足于身上已有的服饰，总想在新奇的趣味和已经习惯的趣味之间，找到一个平衡点。

我在这里谈论的平衡之道，或说中庸之道，是千年标准，不是百年标准。因为区区一百年内，一个时代的审美，还不一定会产生大的变迁。在千年的跨度上，社会已经历几个时代的审美变迁。有的时候，一个时代的审美，会远离新旧平衡的中道，有的时候，又会靠近它。总而言之，不同时代的审美，会在平衡中道的左右，来回摇荡，偏离平衡位置，有时偏离得远，有时偏离得近。六朝时期玄言诗盛行，说明六朝的审美，偏离中道比较远，这也是陶渊明的田园诗被边缘化的原因。到了宋代的苏轼时期，陶渊明被推崇，玄言诗已无人问津，说明苏轼时期的审美，比较靠近中道。

我这里谈论的平衡之道，主要聚焦在新诗诗意的浓淡上。这种浓淡的平衡之道，应该成为写作者的自觉。比方说，客观意象是日常生活中可能存在的形象事物，我们比较熟悉，熟悉就意味着可预见。我们对熟人会比对陌生人更放心，是因为熟人的行为可以预见，可预见就会带来安全感。读者在阅读诗歌的时候，也希望看到一些已经熟悉的东西，这会带来安全感、归属感。可是，如果全用客观意象，让读者面对的全是熟悉、安全的形象事物，又会感到腻味、无趣，读者又需要诗歌里有陌生感。这时，如果添加主观意象，必会给读者耳目一新的感觉。主观意象可以帮我们避免因过于熟悉而产生的乏味、无趣、单调。当然，主观意象用得过于泛滥，又会给读者造成恐慌。因为在人性的深处，当我们冒险的时候，仍希望随时随地能返回安全地带。诗意的浓，就对应着冒险，对应着主观意象；诗意的淡，就对应着安全，对应着客观意象。对诗意浓淡的调剂，也是对人性内在需要的尊重。诗人可以凭一己天赋，不经意地完成诗意浓淡的调剂。对普通人，一首诗的诗意浓淡，可以借助客观意象和主观意象来调剂。

　　如果诗里的客观意象偏多，就可以通过添加主观意象，来增强诗意浓度，增加不可预见性和冒险性；如果诗里的主观意象偏多，就可以添加客观意象，来稀释诗意，增加熟悉感和安全感。比方说，诗人纪弦写过以下两首诗：

蜂

一只小小的蜂被关在我的养疴的厅里了，
  我看见它艰难地在窗玻璃上爬行着，
  而它的浴着下午金色阳光的腹部，
  是变成极好看的半透明的茜红色的了。

杜鹃

她占领了整个的春天，
用她的红，
一种不可抗拒的红；

一种铿锵的红。

《蜂》是用客观意象写成的，只不过在描绘蜂的腹部时，稍微有一点点新颖感，说腹部变成极好看的

152

半透明的茜红色。这个说法有一点新颖。总体来讲，通篇是客观意象，诗意比较寡淡。但是另一首诗《杜鹃》，上来就写"它占领了整个的春天"，这是一个主观意象，因为"春天"是一个涵盖温度、空间、时间、生命状态的立体概念，不可能真的被杜鹃占领，这只是对长满杜鹃的景象的夸张说法。他紧接着又写，"用她的红，一种不可抗拒的红"。这个表述还比较正常，红得确实很特别，让人不可抗拒，但是最后"一种铿锵的红"，就是一个典型的主观意象，是用通感创造的主观意象。因为铿锵是声音，是听觉，红是颜色，是视觉，把听觉跟视觉错搭在一起，就是通感的表现手法。等于把感官打通了，把听觉与视觉关联起来，听到声音似乎会看到颜色，看到颜色似乎会听到声音。这样就产生了强烈的陌生感，使得这首诗的诗意比《蜂》要浓。对比纪弦的两首诗，可以意识到主观意象的陌生感，可以为调节诗意浓度服务。

对于新诗，主观意象是诗意的主要创造者，是诗意的增稠剂；客观意象诗意寡淡，可以成为诗意的稀释剂。我们手上既有增稠剂，又有稀释剂，写诗时就可以对诗意的浓淡进行调剂。

蓝蓝写过一首诗《多久没有看夜空了》，以下是其中的几行：

> 那时，你在灯下写：
> 满天的星光……
> 你脸红。你说谎话。
>
> 它在夜风中等你。
> 静静唱着灿烂的歌。

前三行都是客观意象，就是对客观场景的描绘，基本上不含有诗意。蓝蓝是成熟的诗人，她一定了解，后面如果继续进行这样的客观描绘，这首诗可能会失败。所以，她紧接着创造出了主观意象："它在夜风中等你/静静唱着灿烂的歌。"说星星静静唱着灿烂的歌，就是一个主观意象，是前面讲过的第四种错搭模式，即让星星去做它做不到的事情。星星能够唱灿烂的歌，当然是我们一厢情愿的想象。主观意象一旦产生，就会产生诗意，与前面诗意寡淡的三行放在一起，这五行的整体诗意就足够，诗就成立了。

有了以上的铺垫，下面就来讲最小诗意单元。在前面的举例中，大家应该已经发现，诗人在创造某种诗意后，一般会搭配一些不太有诗意的句子。如果诗人把每句话都写成主观意象，会出现什么情况？就是前面讲过的，整首诗过于陌生，给读者太过冒险的感觉，他们会因为觉得过于冒险、不安定，产生恐慌感。所以，诗人写作时，往往会给主观意象搭配一些不太有诗意的句子。比如，能够传递情绪、情感的直抒胸臆，或描绘场景的客观意象等。这样一来，就涉及一个重要的问题。就创造出来的某种诗意而言，给它搭配的没有诗意的诗行越多，整体的诗意就越淡。那么给一个有诗意的诗行，最少搭配几行没有诗意的诗行，整体诗意才刚好够呢？我把这个诗意刚好够的最小单元，称为最小诗意单元。根据我的经验，一般来讲，有诗意和没有诗意的句子搭配，它们合起来以四行为佳。多于四行，整体诗意会偏淡，少于四行，整体诗意会偏浓。这个诗意刚好够的四行单元，就是最小诗意单元。因为新诗诗意主要由主观意象创造，你也可以把"一个诗意"，理解为一个主观意象。问题就变为，一个主观意象，最多可以搭配几行没有诗意的诗句？

我来举一些例子。胡弦写过一首诗《风》，我摘取最后四行，如下：

> 今夜无语,吃酒三杯。
>
> 勿打搅乌鸦。
>
> 水西门外的守夜者,
>
> 内心埋下丝绸七匹。

前三行全部是客观意象。胡弦作为成熟的诗人,自然知道,需要创造更有诗意的句子,来支撑整个诗节,否则诗节的诗意可能流于寡淡。所以,第四行,他突然写出了一个主观意象,"内心埋下丝绸七匹"。这是把现实中的不可能,变成诗中的可能的写法,是前面讲的第四种错搭模式,即让"内心"去做它做不到的事,"埋下丝绸"。这个主观意象的出现,立刻使得这四行诗,有了足够的诗意。

西班牙大诗人洛尔迦写过如下两首诗——

寄宿(赵振江译)

> 贫困的星
>
> 她们没有光。
>
>
> 多么痛苦,

多么悲伤!

她们被遗弃在
自己的蓝色上。

多么痛苦,
多么悲伤!

下面(赵振江译)

布满星星的夜空
映衬着声音。
幽灵的蔓藤
迷宫的竖琴。

　　《寄宿》一共八行。前四行的第一行"贫困的星",就是"a的b"的错搭,是一个主观意象。"贫困的星",是把完全不搭界的贫困和星星,搭配在一起,自然陌生感强烈。接下来他说:"她们没有光//多么痛苦/多么悲伤!"都是常规的直抒胸臆。一般来讲,这样的直抒胸臆没有什么诗意。可是因为与前面的主观意象"贫困的星"搭配在一起,前四行诗就有了足够的诗意。再看后四行的前两行,"她们被遗弃在/自己的蓝色上。"是讲星星被遗弃在它自身的蓝色上,诗人没有说它们被遗弃在天空,如果这样说就没有诗意。被遗弃在自己的蓝色上,就是一个主观意象,因为这是不可能的事情。蓝色是颜色,说星星被丢弃在自己的颜色上,就意味着颜色是一个可以托住他物的东西,这个景象要靠主观想象才能在脑海中创造出来,因为现实中不存在这样属性的颜色。这个主观意象的后面,依然是直抒胸臆:"多么痛苦/多么悲伤!"跟前四行里的直抒胸臆一样,它不含有什么诗意,可是因为和主观意象"她们被遗弃在/自己的蓝色上"搭配在一起,后四行的诗意也就足够了。

洛尔迦的《寄宿》有四行,可以看出它有两个主观意象,"幽灵的蔓藤"和"迷宫的竖琴"。而"布满星星的夜空/映衬着声音"说的是,布满星星的夜空下,响着一些声音。这种说法不只常见,诗意也寡淡。但是有了两个主观意象,整首诗的诗意不只足够,还有了更高的浓度。

既然有最小诗意单元,那存不存在最大诗意单元呢?不存在!你会发现,给一个有诗意的句子搭配的没有诗意的句子越多，整体诗意就越淡。最后会淡到没有读者能忍受，要么觉得太鸡汤，要么觉得太无趣。很多爱好诗歌写作的人，在此问题上遭遇了滑铁卢。因为他们并不了然新诗的诗意在哪里，也就对自己添加的无诗意的句子毫无察觉，直至作品单薄到令人无法忍受。毕竟人对熟悉的忍耐程度是有限的。

一方面，喜新厌旧是诗歌的基本追求，是人性的需要；另一方面，我们能把这种喜新厌旧推进到什么程度，同样也受到人性的制约。人性会制约我们，不要把它推进到让人感到恐慌的地步。我们对旧或新能忍耐到什么地步，取决于人性的需要。新和旧需要达到一种平衡，人才会感到变化适度。所以，写诗时，既要遵循喜新厌旧，也要警惕过度喜新厌旧带来的恐慌。最小诗意单元，提供了一个衡量标准。

主观意象和客观意象在诗中形成整体平衡的过程中，诗意的浓淡是左摇右荡的。有时诗意过淡，有时诗意又过浓。诗歌经典都是诗意浓淡达到平衡的作品。数千年历史的变迁中，每个时代的趣味不一样，有的时代趣味偏离平衡之道，有的时代趣味接近平衡之道。经典就是最适应各种审美变迁的产物，你会发现，真正流传下来的经典，都是比较靠近中道的，也就是平衡的，其本质是适应的产物，即对各个时代审美趣味加以适应的结果。由此可见，用单个时代审美趣味评判作品的危险。一些远离中道的作品，在被某个时代记住的同时，可能会被其他时代忘记。在中国古典文学中，这类例子比比皆是。

刚才讲的最小诗意单元，可以化为写诗时的具体操作。方法就是，你每写四行诗，可以检查下，四行诗里是不是至少有一个主观意象。如果有，四行诗的基本诗意就够了，也就经得起推敲。我举路也一首主观意象比较少的诗《黄泥小屋》，把它与杨键的《古别离》对照起来读，就能看清客观意象和主观意象的平衡之道。先来看《黄泥小屋》，如下：

北方山乡的缓坡上，立着一座土坯房

那是一座黄泥小屋，没有院墙

灰黑色木门朝南大敞

迎接春天，校正心灵的方向

那是一座古老的黄泥小屋

泥墙隐约着麦草秸秆

石板屋檐似以手遮额，轻避目光

木窗棂上糊着挡风雨的麻纸

小屋内外均不见人影
旁边那块菜地,小葱才冒出半尺
如果沿着屋后的山路往更高处走去
翻过山巅,走上十五公里,可以到城里

总觉得屋前会出现一个老人
那是高大的外祖父
抬头望向椿树枝,问去年斑鸠是否归来
低下头去,见一丛青蒿已从墙角冒出

路也是主观意象用得比较多的诗人,这首罕见用得少,诗意接近我前面讲的刚好够。诗中斜体字部分,都是主观意象。第一节和第二节都是四行,两节里各有一个主观意象,可以支撑起诗节。"木门……校正心灵的方向"是第四种错搭模式"让a做a做不到的事",即让木门做它做不到的事,"石板屋檐似以手遮额,轻避目光"是第三种错搭模式"用b解释a",即用拟人方式重新解释屋檐的样子。第三节和第四节八行合起来只有一个主观意象,"外祖父……

问去年斑鸠是否归来",乍看诗意有点不够,可如果结合上下文,会隐约感到最后一行的客观意象"低下头去,见一丛青蒿已从墙角冒出",实则是主观意象,可以理解为外祖父询问之后,青蒿从墙角冒出来,作为一种应答。所以,这首风格清淡的诗,因诗意刚好够,就可以成立。

再来看杨键的《古别离》。它很标准,每四行定有一个主观意象,且都是显性的主观意象,如下:

> 什么都在来临啊,什么都在离去,
> 人做善事都要脸红的世纪。
> 我踏着尘土,这年老的妻子
> 延续着一座塔,一副健康的喉咙。
>
> 什么都在来临啊,什么都在离去,
> 我们因为求索而发红的眼睛,
> 必须爱上消亡,学会月亮照耀
> 心灵的清风改变山河的气息。
>
> 什么都在来临啊,什么都在离去,
> 我知道一个人情欲消尽的时候

该是多么蔚蓝的苍穹!
在透明中起伏,在静观中理解了力量。

什么都在来临啊,什么都在离去,
从清风中,我观看着你们,
我累了,群山也不能让我感动,
而念出落日的人,他是否就是落日?

全诗一共四节。四节里有客观意象,有直抒胸臆,也有主观意象。你会发现,每一节的四行里,必定有一个主观意象。每一节的首句,"什么都在来临啊,什么都在离去",是直抒胸臆,它本身的诗意,是依靠悖论产生,即"来临"与"离去"同时呈现时的悖论。第一节的第二句,"人做善事都要脸红的世纪",也是直抒胸臆,也含着悖论,即"做善事"与"脸红"的悖论。本来做善事不用羞愧,若真产生做善事羞愧的悖论,就说明环境不正常。

再往下,诗人创造了一个主观意象,"我踏着尘土,这年老的妻子/延续着一座塔,一副健康的喉咙。"这个意象的意思是说,尘土是年老的妻子。是我们讲过的第二种错搭模式,a是b。为什么说尘土是年老的妻子？人年轻时备受关注，年老时就受到忽视。尘土恰恰是受人忽视的造物。当诗人说，尘土"延续着一座塔，一副健康的喉咙"，是在提醒世人，我们踩着、忽略着的那些尘土是重要的，就像年老的妻子，有值得珍视的太多东西，这是非常清醒的提醒！年老的妻子和尘土，可能是一座灯塔，让我们看得更远，能够照耀道路，照耀未来。这个主观意象非常出色，是第四种错搭模式，即让a做a做不到的事。继续往下看，会发现每一节里，都有一个主观意象。第二节里，"心灵的清风改变山河的气息"，是第四种模式的主观意象。第三节里，"我知道一个人情欲消尽的时候/该是多么蔚蓝的苍穹"，是第二种模式的主观意象。一个人情欲淡去、消弭的时候，这时的他是蔚蓝的苍穹。蔚蓝的苍穹，会给人没有杂质的、纯净的愉悦感，一个人没有欲望时，也会变得没有杂质，给人以笃定、静观的力量。最后一节里，"而念出落日的人，他是否就是落日？"是第二种模式的主观意象。这个意象当然包含着哲理，你念叨什么，也可能就成为什么。杨键也许并不了解这里说的主观意象、客观意象，但他作为成熟的诗人，精通主观意象的营造。看了路也和杨键的诗，就明白，主观意象是很多诗人都擅长运用的。

洛尔迦有两首短诗,《寄宿》和《下面》(赵振江译)。《寄宿》属于诗意刚好够,《下面》属于诗意有冗余,斜体字部分皆为主观意象。诗如下:

寄宿

贫困的星
她们没有光。

多么痛苦,
多么悲伤!

她们被遗弃在
自己的蓝色上。

多么痛苦,
多么悲伤!

下面

> 布满星星的夜空
> 映衬着声音。
> 幽灵的蔓藤
> 迷宫的竖琴。

《寄宿》中每四行有一个主观意象,且每四行中,还有两行过于抒情的直抒胸臆,"多么痛苦/多么悲伤",这类已经泛滥的抒情,对现代诗本是有损害的,可因为"贫困的星"等主观意象的撑场,《寄宿》的诗意仍刚好够,作为诗仍成立。《下面》的四行里,有两个主观意象:"幽灵的蔓藤"和"迷宫的竖琴",都是第一种错搭模式"a的b",超出最小诗意单元对主观意象的最低需要,所以,《下面》的诗意有冗余。

我们最后来看闻一多的《死水》,这首诗我反复用来举例,因为这首诗非常典型。

> 这是一沟绝望的死水,
> 清风吹不起半点漪沦。

不如多扔些破铜烂铁，
爽性泼你的剩菜残羹。

也许铜的要绿成翡翠，
铁罐上锈出几瓣桃花；
再让油腻织一层罗绮，
霉菌给他蒸出些云霞。

让死水酵成一沟绿酒，
漂满了珍珠似的白沫；
小珠们笑声变成大珠，
又被偷酒的花蚊咬破。

那么一沟绝望的死水，
也就夸得上几分鲜明。
如果青蛙耐不住寂寞，
又算死水叫出了歌声。

这是一沟绝望的死水，
这里断不是美的所在，
不如让给丑恶来开垦，

看他造出个什么世界。

闻一多是写一条臭水沟。第一节的四行,全部是客观意象,都是对臭水沟的客观描绘。再往下写的时候,如果诗人继续使用客观意象,我想这首诗就不可能成为一首名诗,不可能成为课上诗例分析的重点。作者写第二节时,每一行都创造出了一个主观意象,这样与第一节合起来,令前两节的诗意,超出了最小诗意单元要求的刚好够,比刚好够多了不少。它超过了诗意刚好够的临界点,所以诗意比较浓烈。考虑到第三节和第四节主观意象的密度,比第二节小不少,加上最后一节几乎是直抒胸臆,所以,第二节的浓烈诗意外溢,也支撑了整首诗的诗意,不让人觉得单薄。这首诗意象的清晰度也非常高,不让人觉得晦涩,令读者可以享受诗意的美感。闻一多写的《死水》,化现实之丑为艺术之美,因之也成就了百年新诗的这一经典之作。

看过诗人们的诗,就能发现,诗人凭艺术自觉写作时,依然遵循着平衡之道。对诗人而言,这种平衡之道是怎么获得的呢?当然是来自他们对经典的阅读和感悟,也源于他们的深入思考和旺盛的创造力。平衡之道融入了他们的血液中,让他们仿佛本能般地获得了平衡之道的一些技巧。

第九阶 新诗的形式

这堂课来讲新诗的形式。

很多人对新诗有一个误解，觉得它没有形式，认为旧诗才有形式，即格律形式。我想说，从诗的本性来讲，没有形式也就没有诗歌。只要是诗，它就一定有形式。只不过，新诗的形式，尤其是它的外在形式，因为比旧诗的形式要弱，不容易被普通人一眼看见。你能不能看见诗歌的形式，不光取决于它是不是有明显形式，还取决于你是不是经过学习熟知了这些形式。有些形式不经过学习，你可能是看不见的。比方说，旧诗中有平仄，你如果不经过学习，不知道哪些字是平，哪些字是仄，就算将一首旧诗摆在你面前，你也看不出诗里的平仄在哪里，也就看不出平仄造成的格律形式。

新诗的形式也一样，需要经过学习，才能看见。

新诗有两种形式：视觉形式和听觉形式。我先讲视觉形式。视觉形式的目的，同样是为了产生一定的陌生感，它和前面讲过的诗意法则完全一致，同样遵循"熟悉中的陌生"。就是说，通过创造"熟悉中的陌生"，来创造新诗视觉上的形式感。或者说，如果有一种形式被我们迷恋的话，这种形式一定包含"熟悉中的陌生"。新诗要创造视觉形式的"熟悉中的陌生"，它靠什么来具体实现陌生化呢？说起来并不复杂，它靠转行、空行、空格、标点符号等来实现视觉形式的陌生化。所有的转行、空行、空格、标点符号等，主要的作用是产生停顿，通过停顿来延长读者的感受时间或增加感受难度，这样就会产生陌生化的效果。前面我讲过陌生化的方法，无非两种，一是延长感受的时间，二是增加感受的难度。

我举个简单的例子，如下：

散文格式：

我在大街上疾走，为了找到最近的地铁站。

诗歌格式:

我在大街上

疾

走

——为了

找　到

最近的

地铁　站

"我在大街上疾走,为了找到最近的地铁站。"一句极普通的散文句子,我们正常读它时花的时间很短。可是,当我通过空行、转行、空格、标点符号的方式,把它改写成诗的形式再去读,会发现你要花的时间明显变长了。不仅如此,由于有空格、转行等,比如,你读第一行,发现"我在大街上"这个句子没有完成,第一行就结束了,它会产生什么效果呢?它等于产生了悬念,由于句子后半截突然消失产生的悬置、不确定、不可预见,让读者不知它想要表达什么,这也等于增加了读者对此句的感受难度,就会产生陌生感。同时读者还会产生想把句子看完的期待,当转到下一行，只有一个字"疾"，后面内容又消失了，句子成分的缺失，会继续产生悬念。因为你并不知道"疾"后面是"飞"还是"走"还是"跑"，待转到下一行的"走"，虽然前半句总算完整了，可接下来的空行和破折号，又吊起了读者的胃口。它们造成的停顿时间更长，破折号比其他标点符号，更有延宕时间的感觉。"为了"出现后，后半句的其他内容缺失，导致读者继续往下寻找，找到"找"后又被空格停顿两拍，遇见"到"后又遭遇转行停顿。总之，在找到最后一个字"站"时，阅读经历了许多磕磕绊绊、停顿和悬置，好像一个人经历了许多挫折，直到这时，才把这一句话完整地读完。可以把空行、转行、空格、标点符号等，理解为给这句话设置了很多障碍，导致感受它的难度，比感受内容一样的散文句子更难一些，感受它的时间，要比感受内容一样的散文句子长一些。所以，当把散文句子用新诗的格式改写后，会发现它的陌生感要比散文句式强。这就是新诗的视觉形式。当然，我在这里只是举个例子，以方便对比，并不是说，对散文化的句子作停顿、转折等处理就成了诗。

　　普通句子经过这一番折腾，它的陌生化程度提高了，凭这种视觉形式的操作，普通的散文句子，似乎具有了一点点诗的感觉。当然，与古代的格律形式相比，新诗的视觉形式只能算弱形式，只具有弱诗意。如果能把这种弱形式，与新诗的内容诗意结合起来，比方说，对含有主观意象的诗句，用空行、空格、转行、标点等，再进行一定的陌生化处理，就会产生更好的陌生化效果。我们来看威廉斯《永动：城市》（傅浩译）中的一节诗：

　　——一个梦

　有关灯光

　　　隐藏着

　　铁的理由

　　　和石头

　一朵安定的

　　　云——

　　威廉斯充分运用了空格、标点符号、转行的停顿和延宕功能，比如"一个梦"前面的空格和破折号，令与灯光有关的梦，一上来就带有神秘色彩。诗节里有两个诗意浓烈的主观意象，"铁的理由"用的是第一种错搭模式"a的b","石头/一朵安定的云"省略了"是",应为"石头/是一朵安定的云",用的是第二种错搭模式"a是b",它们令这节诗诗意浓烈。按说两个主观意象撑起整节的诗意,已绰绰有余,但威廉斯仍不放心,仍通过空格、转行、破折号来提高形式的诗意。现代诗人普遍有类似的心结,唯恐诗意不够,直到诗意冗余,才会真正安心。

再来看多多的诗《是》的第一节:

是　黎明在天边糟蹋的
一块多好的料子
是黑夜与白昼
相互占有的时刻
是曙光　从残缺的金属大墙背后
露出的残废的　脸
　　我爱你
　　我永不收回去

这首爱情诗被诗人写得惊心动魄,我们对激情的强烈感受,并非来自最后两行的直抒胸臆,而是来自前面六行主观意象,来自诗人神奇的想象力。诗人用主观意象描绘的惊人景象，定义了什么是爱情。爱情"是　黎明在天边糟蹋的/一块多好的料子"，"是黑夜与白昼/相互占有的时刻"，"是曙光　从残缺的金属大墙背后/露出的残废的　脸"，用的皆是第二种错搭模式"a是b"，可谓写尽情至深处时，美好与伤害的悖论关系。本来诗人顺畅说出这些主观意象，诗意已足够，可是诗人不满足于此，他还赋予了主观意象以视觉形式，通过经历空格的延宕和转行，进一步增强陌生感。诗人通过视觉形式，让主观意象和最后两行直抒胸臆的外部形式，也具有了一点诗意。做法与威廉斯类似。

下面可以做一个实验，把威廉斯、多多的诗节、前面排成了诗歌格式的那句散文，全部还原到正常的散文句子。

一个梦，有关灯光，隐藏着铁的理由和石头：一朵安定的云。

是黎明在天边糟蹋的一块多好的料子，是黑夜与白昼相互占有的时刻，是曙光从残缺的金属大墙背后露出的残废的脸。我爱

179

你，我永不收回去。

我在大街上疾走，为了找到最近的地铁站。

你会发现，威廉斯和多多的诗去掉了外部的视觉形式后，由于句子里含有主观意象，哪怕还原成散文的句子，依然保有诗意，诗意并未减弱多少。原因就是，诗节整体的诗意，等于内容诗意加上视觉形式的诗意，一旦将它们还原成散文句子，相当于去掉了形式诗意，这时你会发现，单靠主观意象带来的内容诗意，仍能让散文句子散发诗意。就是说，主观意象的诗意，足以支撑散文句子。可是"我在大街上疾走，为了找到最近的地铁站"这个句子，却没有一点诗意，只有在赋予它新诗的视觉形式时，才会有那么一点点诗意。可以看到，视觉形式的诗意和内容诗意之间，是一种叠加关系。我们写新诗的时候，会把形式诗意叠加到内容诗意上面，这种叠加对内容诗意有锦上添花的效果。

我给大家看狄金森《人生篇》（蒲隆译）中的一节诗。狄金森是美国19世纪了不起的诗人，她特别喜欢用破折号。俄国诗人茨维塔耶娃也特别喜欢用破折号。破折号能造成延宕的感觉，相当于延长了感受时间——

> 不为所动 —— 她发现车驾 ——
> 停在——
> 她那低矮的门前——
> 不为所动——哪怕一位皇帝正跪在
> 她的门垫上面——

再看茨维塔耶娃《阿莉亚德娜》（汪剑钊译）中的一节：

> ——哦，你用贝壳的所有声音
> 歌唱她……
> ——像每一棵小草一样。
> ——她承受酒神的爱抚的折磨。
> ——她渴望勒忒河畔的罂粟花……

把它们都变成散文的格式，如下：

不为所动,她发现车驾停在她那低矮的门前。不为所动,哪怕一位皇帝正跪在她的门垫上面。

哦,你用贝壳的所有声音歌唱她,像每一棵小草一样。她承受酒神的爱抚的折磨。她渴望勒忒河畔的罂粟花。

两位诗人在完整的句子中,插入了许多破折号。当你读的时候,就比读不插破折号的完整句子要花更多的时间,这样就产生了陌生化的效果。你遇到每一个破折号,都要停顿一下,感受都要被延宕。实际上,这就是可以带给你陌生感的视觉形式。你可对比上面已变成散文格式的句子,内容与原诗相同,因去掉了视觉形式,陌生感已有所不同。视觉形式造成的停顿,还具有制造节奏的效果,由于这种节奏因人而异,我们暂时还很难归纳出有用的规律。下面讲听觉形式时,我们会涉及更具普适性的节奏。

新诗还有听觉形式,这种形式同样可以产生一定的诗意。这种听觉形式产生的年代,起码可以追溯到《诗经》时代。当时写诗的时候,因为是诗歌的草创期,格律还没有形成,怎样让诗歌具有悦耳的音乐性呢?人们发现了叠句这种听觉形式。所谓叠句,就是让诗中的某句话重复另一句话。有两种重复的方式:一是对某句话一字不差地重复;一是对某句话的部分重复。我以《诗经》中的《木瓜》为例来说明——

> 投我以木瓜,报之以琼琚。
> 非报也,永以为好也。
>
> 投我以木桃,报之以琼瑶。
> 非报也,永以为好也。
>
> 投我以木李,报之以琼玖。
> 非报也,永以为好也。

你看《木瓜》里,每节最后一句"非报也,永以为好也"完全一样。诗里出现三次,一字不差。这种一字不差的重复句子,我们把它称为重章叠句。重章是指,重复的句子里,整个句子跟前面被重复的那个句子完全一样。这节诗里还有一些重复的句子,重复的时候不完全一样,会有若干个字不一样。比如，"投我以木瓜，报之以琼琚""投我以木桃，报之以琼瑶""投我以木李，报之以琼玖"，重复的时候，每句改变了两个字，其他的字完全一样。这种部分重复的句子，我们把它称为重词叠句。重词是指，重复的句子里，只有部分词跟前面被重复的句子是一样的。

使用叠句的好处在哪里呢？当人听到前面出现过的音节再次出现，会在心理层面产生追忆的感觉。人一旦进入到追忆的状态，往往会倾向去美化记忆。很多人都有类似的体验，当你回首往事，哪怕当时经历的某件事令你极其痛苦，可是回忆的时候，却会觉得十分美好。是什么造成了这种悖论式的感受？原因就在，人有自我肯定的需要，通过肯定自己来确立人生的意义。对自己过去的经历，人本能地倾向肯定它们，而不是否定它们。否定它们，就等于自我否定，这有悖于人性。所以，哪怕是痛苦的往事，人回忆的时候，仍倾向通过美化来肯定它，以此肯定自己。这种心理状态，就成为我们读诗过程中，渴望听到相似音的心理基础。人读到叠句时，就处于追忆的状态，听到前面听过的音再次出现，内心会产生快感。快感的心理基础就是自我肯定。所以，《诗经》中的这种叠句手法，完全可以被新诗所用，毕竟新诗正处在成长期，在《诗经》中有效的听觉手段，用在新诗中同样有效。

我给大家看顾城的诗《我总觉得》，请大家体会一下。

> 我总觉得
> 星星曾生长在一起
> 像一串绿葡萄
> 因为天体的转动
> 滚落到四方
>
> 我总觉得
> 人类曾聚集在一起
> 像一碟小彩豆
> 因为陆地的破裂
> 迸溅到各方
>
> 我总觉得
> 心灵曾依恋在一起
> 像一窝野蜜蜂

因为生活的风暴

飞散在远方

每一节的第一行"我总觉得",是一字不差的重章叠句,它在三节诗中重复了两次。每一节的另外几行都不一样,这样就产生了音乐性、节奏感。我们读的时候,这种音乐性用耳朵听得出来。当读第二节的"我总觉得"时,就好像是整句押韵,即用整个句子押第一节第一行的韵。所以,重章叠句也相当于押韵。押韵,会给读者和听众带来快感。同时,重章叠句也赋予这首诗以某种节奏感。诗中的其他句子,因为句式一模一样,加上还有少数字相同,可以视为一种非典型的重词叠句。典型的重词叠句,应该多数字相同,少数字不同。

音乐性增加的好处颇多。诗歌的音乐性越强,就意味着我们可以越多地用客观意象和直抒胸臆。因为音乐性本身自带诗意。当我们大量使用叠句时,实际上相当于在形式层面,增加了诗意,就可以较少顾忌地去使用客观意象和直抒胸臆,也就大大增强了书写现实的能力。杜甫诗歌对现实的书写能力,不只来自他的天赋,也来自旧诗格律自带的音乐性对客观意象和直抒胸臆的诗意庇护。我摘杜甫《石壕吏》中的几句诗,做个译成白话的试验,大家对格律对诗意的保护作用,会有所体会。

原诗句:
暮投石壕村,有吏夜捉人。
老翁逾墙走,老妇出门看。

译成白话:
傍晚投宿石壕村,有差役夜里抓壮丁。
老翁越墙逃走,老妇出门查看。

原诗句:
夜久语声绝,如闻泣幽咽。
天明登前途,独与老翁别。

译成白话:
夜深了,说话声渐渐消失,隐约听见幽微的哭声。
天亮上路时,只有老翁一人与我告别。

我摘出的诗句写的都是客观意象。可以看出，译成白话后，原诗句的诗意消失了。由此可见，目前新诗的听觉形式，还是一种弱形式，还不具有旧体诗拥有的鲜明音乐形式。当然，主观意象会带来意想不到的好处，它的诗意能轻易穿过翻译之墙，在另一种语言中存活。比如，你把王湾的"春江入旧年"或白居易的"在地愿为连理枝"译成白话，仍会保有诗意，原因当然是，主观意象携带的诗意可以摆脱对格律形式的依赖。把中国旧诗译成白话，与把中国旧诗译成英语等其他语言，还有所不同。译成白话固然会丢失格律诗意，但客观意象原有的象征意味，仍能在白话中存活。比如，鸳鸯在旧诗中的伉俪之爱的象征，移到白话中，读者仍能感受到，因为这一象征与民族文化有关。可是，一旦把旧诗译成英语等其他语言，客观意象除了会丢失格律诗意，象征意味也会一并丢失。把主观意象译成英语等其他语言，情况则有所不同，因主观意象自身携带着隐喻，译成其他语言，隐喻仍在，此为主观意象经得住翻译的奥秘。

让新诗具有音乐性，还有一种方法，就是让诗具有某种节奏感。可是，到底是什么东西决定着新诗的节奏呢？这就需要考察现代汉语的声音起伏问题。王力是我钦佩的前辈学者,他写过一本书《现代诗律学》。书里谈到了现代汉语的轻重音问题,他认为汉语里既有绝对重音,又有相对重音。而绝对重音依赖于读法,他认为,只要你愿意,每个汉字都可以用特殊读法读成重音。所以,对诗歌来讲,这种绝对重音没有太大意义。你不会愿意你的诗歌,被不同人读时,读出的重音截然不同。诗歌当然更关心不依赖读法的轻重音,就是王力所说的相对重音,即字与字之间的声音轻重。可是,关于是什么决定着汉字的相对轻重音,王力无法给出普遍法则,他是靠经验来假定字的轻重音,比如"吃饭",他假定"吃"的音比"饭"的音要重。我个人不太认同这样的假定,反倒认为"饭"比"吃"要重。根据我多年写诗的语感经验,我认为现代汉语的四声里,第四声是重音,第一、二、三声是轻音。第四声和其他三声搭配形成的声音起伏,比古代平仄形成的声音起伏更明显、更强烈,足堪新诗之大用。旧诗中的词,多是单音词,便于觉察平仄之间的声音起伏。可是,现代汉语中的词,多双音词、多音词,由它们组成的句子,会觉得平仄(平对应第一、二声,仄对应第三、四声)造成的声音起伏太微弱。我们可以做个试验,来验证第四声是重音，第一、二、三声是轻音的看法。

妇好鸮尊

四三一一

仄仄平平

重轻轻轻

贾湖骨笛

三二三二

仄平仄平

轻轻轻轻

"妇好鸮尊""贾湖骨笛"都是文物名称，大家可以对比着读一读，看哪个文物名称的声音起伏更大？十几年来，我在各类写诗课上，让学员们试过，大家的感受完全一致，都认为"妇好鸮尊"的声音起伏，明显大于"贾湖骨笛"的声音起伏。上图已标出每个字的音调（第几声）、平仄、用新的重音理论区分出的轻重。按照旧的平仄理论，两个文物名称的声音里都包含平仄，起伏的幅度并无多少差别。照理说，我们的耳朵不该厚此薄彼，但耳朵的实际反应是，它们都认为"妇好鸮尊"比"贾湖骨笛"起伏大，这是平仄理论解释不了的。可是，用第四声是重音，第一、二、三声是轻音的说法，就可以很好地解释这一现象。"妇好鸮尊"因含有重音（第四声"妇"），加上其他字都是轻音，就比都是轻音的"贾湖骨笛"，要有更大的声音起伏。

我认为，第四声还可以作为划分重要节奏的节点。也就是说，如果一首诗里，重音词特别多，又相隔不远，它的节奏就比较强烈。重音字较少，又隔得比较远，它的节奏就比较舒缓、从容。我来举两首诗为例。北岛的《一切》和戴望舒的《雨巷》（节选）。

一切

一切都是命运

一切都是烟云

一切都是没有结局的开始

一切都是稍纵即逝的追寻

一切欢乐都没有微笑

一切苦难都没有泪痕

一切语言都是重复

一切交往都是初逢

一切爱情都在心里

一切往事都在梦中

一切希望都带着注释

一切信仰都带着呻吟

一切爆发都有片刻的宁静

一切死亡都有冗长的回声

雨巷

撑着油纸伞,独自

彷徨在悠长、悠长

又寂寥的雨巷

我希望逢着

一个丁香一样的

结着愁怨的姑娘

她是有

丁香一样的颜色

丁香一样的芬芳

丁香一样的忧愁

在雨中哀怨

哀怨又彷徨

她彷徨在这寂寥的雨巷

撑着油纸伞

像我一样

像我一样地

默默彳亍着

寒漠、凄清，又惆怅

读者可以看出，北岛的《一切》中，重音词（标黑点的）特别多，比《雨巷》多得多，重音字密度大，读起来就造成极其铿锵的节奏效果。《雨巷》里的重音字，隔得比较远，就造成比较悠长、舒缓的节奏。尽管《雨巷》中有连续出现的重音字，如"在这寂""默默彳亍"，由于不像《一切》中的"一切都是稍纵即逝"那样，重音字被轻音字隔开，形成有效起伏，"在这寂""默默彳亍"皆是重音，没有被轻音隔开，起伏也就无从产生，重音字虽多也不会造成铿锵的效果。通过对比，我们能意识到，第四声是决定新诗节奏的重要声音元素。如果希望诗铿锵些，节奏快些，就可以增加重音字，且缩小重音字的间隔；希望舒缓些，就减少重音字，且加大重音字的间隔。目前，新诗还没有关注由轻重音造成的起伏，我们还没有把声音起伏造成的声音形式，很好地赋予新诗，这是未来诗人可以思考、探索的方向。

美国黑山派诗人主张，写诗时可以把呼吸的长短、个人呼吸的某些法则放入诗中，用来决定诗歌的长短句和节奏。我的个人经验是，可以找到与情绪相关的呼吸节奏，用这样的呼吸节奏来安排长短句。有时，我发现一些诗人的长短句形式比较固定，说明什么？说明他的情绪比较固定，固化在某种节奏上了，除非情绪发生很大波动，他的长短句形式才有可能改变。所以，有时风格形式的固化，可能是情绪固化造成的。黑山派领袖奥尔森就主张写诗的时候通过即兴的呼吸感受，来决定断句断行。这种方法，大家也可以一试。但我自己，更愿意以稳定的情绪，作为安排诗句的依据。单纯追求极端的、即兴的、多变的、不可预见的节奏，就如前面讲的，会造成大家的恐慌。读者冒险时的安全感，仍需要诗作自发或自觉地来提供，声音里同样存在着平衡之道。

最后给大家看一首诗,车前子早年写的《城市雕塑》,他是我的老朋友,所以了然他写诗的一些趣味。

一个城市

有一个城市的回忆

铸成它特有的铜像

矗立在广场中央

一个城市

有一个城市的愿望

雕成它特有的石像

矗立在十字街头

你

我

中午

在哪座雕塑下

都是在这个城中长大

却没有铜像的回忆

和

石像的愿望

中午　太阳捐给雕塑许多金币

无论铜像

还是石像

都接受了它的馈赠

在广场中央

在十字街头

在自己的城市里

我们也用它的捐款

铸自己回忆的铜像

雕自己愿望的石像

诗中有很多重词叠句,如"一个城市/有一个城市的回忆""一个城市/有一个城市的愿望""铸成它特有的铜像""雕成它特有的石像"等,通过不断的部分重复,造成了不错的音乐效果,同时,又兼顾了诗歌的视觉形式。诗中转行特别多,甚至有的诗行只有一两个字,如"你""我""中午""和"。这种比较极端的转行,能造成一定的陌生化。车前子是中国诗人中极注重陌生化效果的诗人。这首诗兼顾了视觉形式与听觉形式。就形式而言,这首诗值得大家去关注和揣摩。

当然,视觉形式含有的诗意,没有听觉形式含有的诗意浓烈。也就是说,如果你创造一首诗的时候,能赋予它更多的听觉形式,它含有的诗意,可能比单纯赋予它视觉形式造成的诗意要浓。可惜的是,目前的听觉形式没有得到很好发展,所以,新诗目前还只能仰赖视觉形式,当然更主要的是仰赖内容诗意,即主观意象创造的诗意。我相信,今后会有更多的后进,投身到新诗的听觉形式的探索中来,说不定有一天,能创造出属于新诗的强烈音乐形式,那样的话,新诗书写现实的能力将大幅提高。目前,传统叠句等,已经让新诗有了一定的听觉形式,还有没有更多的音乐形式,仍有待大家去探索。比方说,轻重音的起伏,能不能在新诗中也发挥作用,这是值得大家去实践的新领域。

第十阶 现代隐喻和象征

这堂课来讲对新诗写作也适用的传统手法。前面讲到新诗与旧诗的异同时，会发现意象这一形象事物，既贯穿在旧诗中，也贯穿在新诗中。只不过，人们过去对新诗和旧诗的认识比较极端，认定新诗和旧诗已经一刀两断。这种所谓的一刀两断，其实仅限于前面讲的听觉形式，或说音乐形式。新诗没有了旧诗的格律形式，但在诗歌的视觉形式层面、意象层面，新诗与旧诗依然有着千丝万缕的联系。

此外，从审美手法来讲，比方说，这堂课要讲的象征手法，新诗其实用得也很多，而象征手法是旧诗的基本手法之一。所谓的象征，说简单点，就是用一个具象事物，去表达一个抽象事物。这个抽象事物包含思想、情感、志趣等，其实就是古人"诗言志"中的"志"。当然，这个志已经是广义的志，不仅指志向，也指情感、思想、观念等主观的抽象世界。我特别赞同于坚的看法，他认为，"诗言志"也应该是新诗的努力方向。所以，象征也可以看成，用一个具象事物表达志（广义的志）。比方说，中国人看见桃子时，都知道桃子有一个含义，这个含义是约定俗成的，这个含义就是象征。桃子的含义是长寿，那么桃子就象征长寿。牡丹的含义是什么？大富大贵！牡丹就象征大富大贵。石榴象征多子多孙，传递出人类希望永续繁衍的愿望。这样一些传统的象征表达，因为是约定俗成的，所以人人皆知。20世纪初，有个俄国汉学家到华北游历，他发现，大量目不识丁的百姓对很多具体东西的象征含义了如指掌。桃子象征什么，牡丹象征什么，鸳鸯象征什么，等等，他们一清二楚。传统社会中，用象征表达的好处是什么呢？由于象征的含义是约定俗成的，且是一对一的，即一个具象事物对应一个确定的抽象含义，对古代不识字的人来讲，就特别高效，只要见到某个具象事物，就知道它的含义，知道它象征什么。中国传统社会，大量使用约定俗成的象征，可能与识字人口比例极低有关（从未超过百分之五）。

象征，实际上可以看成，一个客观意象与一种主观感受的对比。每个人见到一个东西，如果它有象征的话，不用直说，就知道它代表什么意思。暗示对人来讲，比直说更有力量。象征在电影、戏剧中也被大量使用。比方说，黑泽明拍的《罗生门》，戏剧家奥尼尔的剧《琼斯皇帝》，都使用鼓声来进行象征表达。《罗生门》一开头，就使用鼓声来表现樵夫进山时的恐惧，随着鼓声节奏加快，也意味着樵夫心里恐惧的程度在加深。《琼斯皇帝》也这样使用鼓声，舞台上当琼斯皇帝逃跑时，周围响起了鼓声，随着鼓声节奏加快，越发表现出琼斯皇帝内心的恐惧感。

当然，新诗使用象征手法，已不会约定俗成了，不会再像古代文化那样，约定某个东西代表什么意思，且一一对应。新诗使用象征时，得让读者自己去揣摩，猜出它代表什么意思。正因为得猜，所以，新诗使用的象征，会产生歧义、多义、不确定性。也正因为歧义、多义、不确定性，新诗中的象征比较深邃。我们把它称为现代象征，把传统象征称为古典象征。

古典象征：一对一（一个具象事物对应一个抽象事物，且约定俗成）

现代象征：一对多（一个具象事物对应多个抽象事物，非约定俗成）

我举个例子。雪莱有一句大家都知道的诗："冬天来了，春天还会远吗？"那么"冬天"是什么含义？"春天"是什么含义？这并非约定俗成，雪莱并没有告诉大家冬天代表什么，春天代表什么，对他来讲，冬天可能代表他期待的社会变革正处于困境，而春天代表社会变革进展顺利或取得成果。对普通人来讲，可能冬天代表他生活中的挫折，春天代表生活中的顺境。其实这句话还可以继续解读。当你解读时，会发现冬天代表什么，春天代表什么，它们的含义可以多种多样。这就是现代象征的特点，你得去猜。阿赫玛托娃是俄国了不起的诗人，她写过如下几行诗（节选自《野蔷薇开花了》，乌兰汗译）：

别了，我不是生活在旷野里。
黑夜和永恒的俄罗斯与我在一起。

这股刚劲干燥的风，
代替了节日的祝贺，

它给你送来的只是

余烬未熄,烟云飘飞……

当她写"别了,我不是生活在旷野里/黑夜和永恒的俄罗斯与我在一起","黑夜"代表什么?我们得去猜。黑夜可能代表个人的困境,也可能代表社会的困境,或人性的黑暗,但不管是什么样的困境,都表现出阿赫玛托娃对祖国深沉的爱,哪怕个人和社会都处于困境,也永远要和祖国不离不弃。"黑夜"的象征含义有很多。可以是事业的黑暗、生活的黑暗、周遭环境的黑暗。再比方说,英国哲学家伯林,曾去俄罗斯拜访过阿赫玛托娃,回伦敦后,阿赫玛托娃给他寄过一张明信片,明信片上就写了上面第二段的几句话。"余烬未息,烟云飘飞"的意思,肯定不是字面意思,它一定有别的含义。什么是余烬未熄、烟云飘飞?在节日的贺卡里,她可能想说,我只能给你带来我的挫败的生活,黯淡的晚年,所遭遇的各种纷扰,我只有这些东西。"余烬未熄,烟云飘飞",不是指眼睛看到的火熄灭了,还有余烬,天上飘飞着烟云,而是对阿赫玛托娃生活的象征性描绘。她的某种希望还在,但已变成余烬。烟云飘飞,是指她所处的环境及个人生活充满了各种纷扰和不如意,如同烟云飘飞。这样的象征,就需要大家去猜,得了解阿赫玛托娃的晚年生活,才能猜到。

现代诗虽然也用古人使用过的象征手法,但象征不再约定俗成,而是通过具象事物,外加一些语境,让人去猜。这是现代象征产生多义、变得深邃的原因。因此使用现代象征的现代诗,常常比较耐读。我以赖特《又来到乡下》(张文武译)为例来说明。

> 白房子一片寂静。
> 友人还不知我到了。
> 田边光秃秃的树上,金翼啄木鸟
> 啄了一下,随后停了很久。
> 我停下来,站在暮色中。
> 我转过脸,不去看夕阳。
> 马儿在我的长影里吃草。

乍看诗只是对朋友住房周围景色的描绘,似乎什么想法也没说,但我们千万不要被这样的不置一词给骗了,诗一定是有话要说的。《又来到乡下》试图通过现代象征手法,来传递诗的意图。诗中的描述已告诉我们，朋友的住房在乡下，那里养着马。我以为，"白房子一片寂静"已间接道出了诗的意图，即我从喧嚣的城市来到乡下，心已被乡下的平和寂静感染，人也变得安静和有耐心。若在城市，我恐怕很难有耐心凝视啄木鸟啄一下后的长久停顿。我也被感染，"停下来，站在暮色中"，并不急于去见朋友。耐心让我能够享受乡下的暮色，也把自己融进自然里。因为猜，现代象征的诗，就变得深邃，有时甚至令大家觉得有点难懂。

索德格朗的《星星》（李笠译），是一首典型的现代象征诗作，我以为比赖特的《又来到乡下》好猜。

> 夜来了，
> 我站在门梯上聆听。
> 星星在花园里涌动，
> 我在黑暗中伫立。
> 听，一颗星星鸣响着坠落！
> 请不要光脚走入草丛：
> 我的花园布满了碎片。

这首诗主要得猜星星代表什么,我先来猜一猜。一个人在黑暗中,看着漫漫长夜流逝,因为天快要亮了,星星越来越稀疏,但他内心感觉这些消失的星星在坠落,它们可能就是他从前的乌托邦、理想、希望等,纷纷坠落于黑暗之处,坠落在自己的花园,变成一些碎片。所以,"请不要光脚走入草丛",好像带有某种警告,又有一点戏谑的色彩,因为"我的花园布满了碎片",即布满了星星的碎片。现代人的家里都布满了这样的碎片,早年的理想都铺在自己周围,变成了垫脚的碎片。 当然还可以猜星星是爱情或友谊,成人世界里布满了这样的碎片,只是当"光脚"面对这些曾照亮自己的光芒,即卸下面具和铠甲时,人真的会被刺痛。这首诗可以有不同的解读,每个人可以有自己相中的意图,只要符合诗提供的意象情景,就都是合理的。

德国大诗人里尔克写过一首著名的诗——《豹——在巴黎动物园》(冯至译),如下:

它的目光被那走不完的铁栏

缠得这般疲倦,什么也不能收留。

它好像只有千条的铁栏杆,

千条的铁栏后便没有宇宙。

强韧的脚步迈着柔软的步容,
步容在这极小的圈中旋转,
仿佛力之舞围绕着一个中心,
在中心一个伟大的意志昏眩。

只有时眼帘无声地撩起——
于是有一幅图像浸入,
通过四肢紧张的静寂——
在心中化为乌有。

关于《豹》的解读已经太多,我就不过多地去解读它。我只想强调,里尔克描绘一只在动物园铁栅栏里不停走动的豹,这只豹到底象征什么?如果让大家去猜,也比较有意思,猜出的都比较一致,都认为代表诗人的自我,或代表人类的自我。每个人,不管有多么自由,都生活在无形的笼中。这笼子不是别人给你罩的,就是自己给自己罩的。比如,生活中有很多条规,你得去遵守,你自己也会给自己设很多限。几点上班、几点开会、工作日不能旅行、看戏要安静、不能闯红灯，等等，这些都是无形笼子的栅栏，把你和心想的自由隔开，纵使你有一个伟大的意志，也无能为力。所以，里尔克最后说，豹子看到新的什么东西时，纵使四肢紧张起来，也只能把紧张在心中化为乌有。这既是豹子的无奈，也是人类自我的无奈。无可奈何，无能为力，这可能就是人类自我的处境。

中国人的生肖，用的就是象征手法。当你属兔子，你就会用兔子的种种特征、行为，来解释你的性格。当我们用象征手法来构造一首诗时，就需要把解读象征主义诗歌的顺序反过来。读的时候，是根据诗歌提供的具象事物，去猜测诗人要表达的抽象事物。构造诗的时候，则先想好要表达什么抽象事物，再去找抽象事物对应的具象事物（所谓对应物），然后，只在诗中描绘具象事物，就大功告成。"对应物"，简单说就是"指东道西"里的那个"东"，"指桑骂槐"里的那个"桑"。在象征主义诗里，只描绘"东"或"桑"，不在诗里提及"西"或"槐"。

20世纪以来的现代诗，用得更广泛的传统手法是隐喻。大家既然想学习如何欣赏诗，如何写诗，就不要变得太学究。为了方便大家理解和掌握，我把所有的明喻、暗喻、转喻等，通称为隐喻，实则是现代隐喻，已不同于传统隐喻的定义。所谓隐喻，就是用两个事物（a和b）的对比表达抽象事物（志）。这里说的抽象事物或志，就是前面象征手法涉及的抽象事物或志，只是隐喻与象征的表达方式不同。"女人像花"，就是人们在生活中常用的隐喻。通过对比"花"和"女人"，你就知道"女人像花"是想表达，女人是美丽的。"人面桃花"，也是隐喻，把"人面"与"桃花"一对比，你就知道，这个隐喻是要夸"人面"的好看。隐喻同样不直接说出抽象事物或志，和象征一样仍只是暗示，但它比象征更容易猜出来。原因是，隐喻提供了两个事物的对比，象征只提供了一个事物，所以对普通人，猜象征含义的难度要大一些。20世纪以来的现代读者，之所以更青睐隐喻，可能猜的时候，感觉隐喻比象征有更多的线索。

加拿大诗人布洛克的诗《秋天》（董继平译）第一节，用的就是隐喻，如下：

我的衣袖上

优美的雨滴声——

一只手指敲打在

窗玻璃上

诗人将衣袖上的雨滴声,与敲打窗玻璃的手指进行对比,然后,他什么也没说,但经过这番对比,你就能猜出,他其实想借手指敲在玻璃上的声音,来赞美落在衣袖上的雨滴声。我再举一个隐喻的例子。17世纪英国诗人多恩,被称为玄学诗人,他对艾略特影响很大。多恩有一首诗《别离辞:节哀》(卞之琳译),我摘出其中三节:

就还算两个吧,两个却这样
和一副两脚圆规情况相同;
你的灵魂是定脚,并不想
移动,另一脚一移,它也动。

虽然它一直是坐在中心,
可是另一个去天涯海角,
它就侧了身,倾听八垠;
那一个一回家,它马上挺腰。

你对我就会这样子,我一生

像另外那一脚，得侧身打转；
你坚定，我的圆圈才会画准，
我才会终结在开始的地点。

在这三节中，多恩用一个隐喻来表达伉俪之爱。他用一副两脚的圆规，来和夫妻的日常生活进行对比，以此表达伉俪之间的情感。他用来和日常生活对比的事物，是少有人想到的圆规。妻子就相当于是圆规中的定脚，始终在圆的中心，丈夫就相当于圆规中移动的那只脚。所以诗人说"你的灵魂是定脚"，指妻子的精神是家庭的压舱石。另一只脚一移动，定脚也跟着动，就是所谓夫唱妇随。丈夫去天涯海角闯世界来养家，妻子这时就像定脚，侧了身聆听八埏，关心着离家在外的丈夫。接着诗人说，只有定脚坚定忠诚，丈夫的这个圆圈才能画得准，丈夫才能有一个安定的家。你看，多恩用两脚圆规，通过和夫妻生活对比，来表达伉俪之爱，特别贴切，这是一个非常高妙的隐喻。多恩的诗当年并不怎么受读者青睐，可能大家觉得他的隐喻过于奇异，其实今天看来，他的隐喻非常有创造性，怎么看都觉得奇妙得当。

我们既讲了象征,也讲了隐喻。你会发现用隐喻写诗的一个特点,就是要让对比的两个事物,同时出现在诗里。但是你看闻一多的《死水》,诗里只有死水这样一个事物,并没有再去描绘别的事物,用的是象征手段。我把隐喻与象征的不同,概括如下:

隐喻:诗中同时提及两个事物
象征:诗中只提及一个事物

现代诗中,象征相对用得越来越少,隐喻用得越来越多,可能跟现代读者的"懒"有关。他们不愿过多地费心猜测,希望直接看到两个事物的对比。诗人白灵写过一首很短的诗《迷你裙》,用的是隐喻手法。

春天把雪线
卷得很高
而绝白
仍隐在雪线之上
只有春风偷吻得到

诗里虽然只描绘了一个事物，即春天的雪山，但诗人用标题"迷你裙"，提及了另一个事物。原来，他是把女子穿的迷你裙，与春天回暖的雪山进行对比，来赞美女子穿迷你裙的美丽。如果没有标题的提示，只剩春天的雪山一个事物，你还能猜出白灵想表达什么吗？是不是挺难猜出？有了迷你裙和春天雪山的对比，就有章可循，就有一个思考的方向，读者就容易感受到诗人要表达什么。

象征和隐喻只是构成主观意象众多方法中的一部分。主观意象什么时候才能准确表达情感思想呢？记不记得前面讲过准确的主观意象？它们是一类特殊的主观意象，当它们变得准确时，其实也是隐喻和象征。也就是说，主观意象准确了，主观意象就成为隐喻或象征，因为所有的隐喻和象征中，进行对比的两个事物中有一些有相似之处。有一些象征无非是说，一个具象事物与一个抽象事物有相似之处。有一些隐喻，比方说"刚分手的爱，是你我共同扎紧的一个活结"，就是把刚分手的爱与活结进行对比，活结跟刚分手的爱有一个相似的地方：刚分手的爱还藕断丝连，而活结表面上扎死了，其实依然可以打开。像北岛写的"卑鄙是卑鄙者的通行证/高尚是高尚者的墓志铭",卑鄙和通行证,高尚和墓志铭,都有相似的地方。因为卑鄙在某些时候,可能真的成为通行证,而高尚在有的时候,可能让人四处碰壁,走向个人失败甚至死亡,成为他的墓志铭。

西班牙大诗人洛尔迦写过"明镜是清泉的木乃伊",它是一个隐喻,他把"明镜"与"木乃伊"进行对比,两者有一定的相似处。因为不再涌出泉水的清泉,会死了般一动不动,清泉死后的木乃伊,与明镜一样,明亮而纹丝不动。两者既有色泽层面的相似,也有静止层面的相似。我们常信任明镜对真实的揭示,可洛尔迦通过隐喻,试图向我们揭示残酷的真相:明镜也可能是死亡的产物。隐喻和象征,因为含义深邃,对我们写现代诗,特别重要。

第十一阶 新诗的结构

这堂课来讲诗的结构问题。诗歌的结构其实多种多样，尤其新诗对结构特别友好，或者说对结构不算太敏感，几乎任何一种结构，都可能在新诗中成立。所以，我不是特别愿意介绍很多结构方式，以免大家写作过程中，将某一结构用得太多，变得模式化。我常碰到一些读者，他们写单句还可以，一旦写整首诗，就为结构问题犯难，不知该怎样处理整首诗的结构。下面我来讲两种最基本的结构，来为这些读者提供参考。

　　新诗中有一种特别有用的结构，叫三段式结构。三段式结构，其实也是所有文艺作品中广泛采用的一种经典结构。为了让大家直观感受这种结构，我先给大家看元代画家倪瓒的画《渔庄秋霁》。倪瓒是无锡人，住在太湖边。这幅画的结构，就是典型的三段式

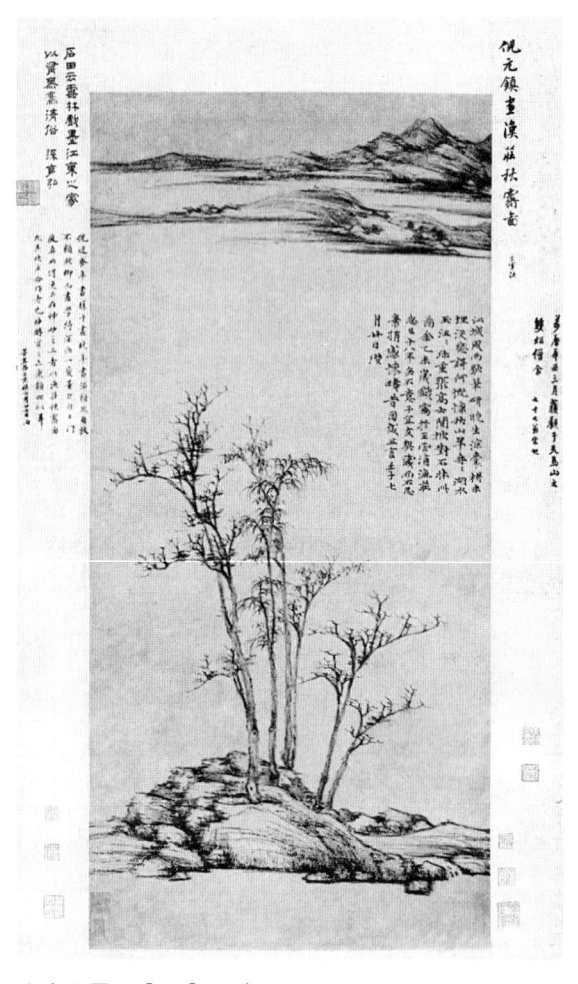

渔庄秋霁　[元]倪瓒

结构。画由三部分构成：一是近景，是近岸，岸上有几棵树；二是中景，是太湖的水，他对水往往不着一笔，就是一片空白；三是远岸，是一片起伏的丘陵，或说远山。简单说，三部分就是近岸、水、远岸，它们构成三段式结构。它有什么特点呢？首先，近岸和远岸是相似的，都是岸，这是它们共同的特征，但又有不同，近岸是树，远岸是丘陵。第二部分是水，是与岸对立的事物，与第一、第三部分完全不同。所以，三段式结构如果用字母来表示，就是aba'。a是第一部分，与第三部分a'有相似处。b是第二部分，往往与第一部分a形成对立，构成一个意想不到的翻转，或者，也可以是对第一部分a中某一要素的拓展，拓展成一个相对独立的部分。

小说中也普遍存在这种结构。比方说，伍尔夫的小说《到灯塔去》，就是典型的三段式结构。小说分三个部分，第一部分是讲拉姆齐先生想去灯塔，因为天气不好未能如愿。丽莉想画出的理想画面，也未能画成。第二部分写时间流逝，经历一战爆发，拉姆齐夫人离去，只剩拉姆齐带着儿子回来。第三部分写拉姆齐带着幼子重去灯塔，终于如愿，丽莉也画出了完美的画作。可以看出，小说的第三部分与第一部分是相似的，但又有不同；都是去灯塔，都是画画，在第一部分中没成功，在第三部分中成功了。两者的主题是一样的。第二部分则与第一、第三部分完全不同，写的是这家人经历了纷乱的战争岁月。第二部分的战争、绝望，与第一、第三部分的和平、希望，构成对立。

我们同样可以用这种结构来写诗。用这种结构写诗的好处在哪里呢？如果将第一部分和第二部分放在一起考察，会发现它们构成一个翻转。由第一部分转向第二部分时，由于内容完全不同，或者第二部分将第一部分的某个要素，进行了拓展，会造成一个新东西的出现，产生陌生感，类似所谓的戏剧性变化。戏剧性的变化，就是意想不到的变化，就是所谓的翻转。由第二部分再转到第三部分时，大家会发现，由于第一部分和第三部分是相似的，第三部分和第二部分必然又构成翻转。这样一来，三段式结构中就存在两个翻转，由第一部分转向第二部分时，有一个让人惊讶的翻转，由第二部分转向第三部分时，又有一个让人惊讶的翻转。这样就大大增加了整体的陌生感与起伏感。

下面我举娜夜的诗《西樵山》来说明。我课程中举的诗例,都比较简单,我不举太复杂的诗例,因为简单的诗成分清晰,一目了然,适合教学。

三湖书房的门虚掩着 戊戌变法的摇篮曾在此晃动	→ a 的主题:西樵山
飞檐傍云　康有为读什么书 梵音袅袅　红尘有什么苦 什么苦都吃	→ a 中的要素:戊戌变法 b 拓展要素:戊戌变法的主角康有为曾在这里受教。失败之苦人人得吃。
西樵山此刻风雨 我双手合十:诗人之心不变	→ a' 重提 a 的主题:西樵山 我在西樵山祈祷诗人之心不变。

这首诗的结构相当清晰。它分成三段,是典型的三段式结构。第一段由前两行构成,主题是谈论西樵山。第二段由第三行至第五行构成,将第一段中的一个要素,即"戊戌变法"这个要素,进一步做了发挥,提示了康有为的维新思想与三湖书房的关系,暗示"戊戌变法"的失败之苦。"梵音袅袅"有看破红

尘之意,也有祈祷世间风雨平和之意。第三段由最后两行构成,又回到了第一段的"西樵山"这个主题。描述西樵山此刻正刮风下雨,而我在风雨中祈祷:诗人之心不变。"诗人之心不变"除了告诫自己,也暗指晚年已丢掉诗人之心的康有为,他早年作为维新变法之人,无疑有追逐理想的诗心。第三段重复了第一段的主题,又有所不同,诗人对主题做了一点拓展,把自己也纳入其中,因与早年康有为同存诗心,自己与西樵山的历史也有了关联。这种三段式的结构,让这首诗特别简单又耐读,经得起推敲,对历史点到为止,可谓言有尽意无穷。

三段式结构的一种特例,即第一段与第三段完全相同时,也就是aba结构,很适合初学者用来揣摩三段式结构。我举洛尔迦的两首诗《龙舌兰》和《夜晚》(赵振江译)来说明。

龙舌兰

石化的章鱼。　　——→ a 的要点:把龙舌兰换
　　　　　　　　　　　眼光看成石化的章鱼。

你将布满尘土的肚带

系在山的腹部。　　　　　　b 的要点：用细节拓展 a
将绝妙的牙齿　　　　　　　主题，提供具体的意象
献给狭窄的山路。　　　　　证据。

石化的章鱼。　　　——→　a 的要点：继续把龙舌兰
　　　　　　　　　　　　　换眼光看成石化的章鱼。

　　《龙舌兰》的第一段只有一行：石化的章鱼。就是把满山的龙舌兰，换眼光看成石化的章鱼。第二段由诗的第二节构成，相当于回答为什么可以把龙舌兰看成石化的章鱼。第二节提供了线索，龙舌兰的主干有带状条纹，它们连缀在山间，确实像石化的肚带，缠在山的腰间；龙舌兰的叶子又是剑状，确实像牙齿沿着山路蔓延。第三段也只有一行：石化的章鱼。完全重复第一段的主题，内容也一字不差。同时，第三段也与第一段构成重章叠句，相当于整句押韵，加强了音乐性。aba结构学起来容易上手，只需用第二段拓展第一段a的主题，诗就大功告成。由aba结构也容易揣摩aba'结构，让a'在重提a的主题时，又有所不同，稍微复杂的变化和意味就会产生。

夜晚

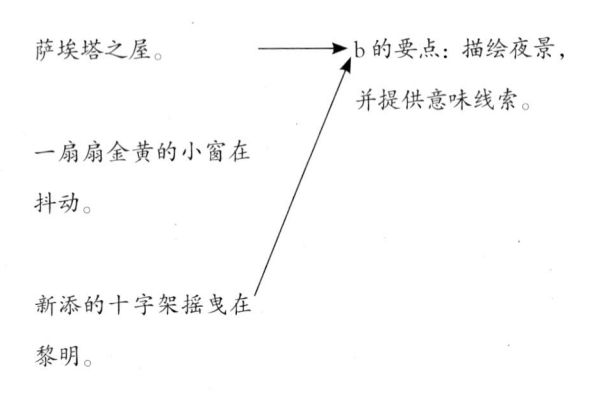

蜡烛，油灯，街灯，　——→　a 的要点：罗列夜晚的
流萤。　　　　　　　　　　　事物。

萨埃塔之屋。　　——→　b 的要点：描绘夜景，
　　　　　　　　　　　并提供意味线索。

一扇扇金黄的小窗在
抖动。

新添的十字架摇曳在
黎明。

蜡烛，油灯，街灯，　——→　a 的要点：罗列夜晚的
流萤。　　　　　　　　　　　事物。

　　《夜晚》的第一节和最后一节，分别是三段式结构的第一段 a 和第三段 a'，两者不差分毫，主题和内容重复，也构成重章叠句。第二节至第四节，构成三段式结构的第二段 b，不再满足 a 对事物的简单罗列，而是开始描绘事物。萨埃塔是西班牙的一种曲调，类

似中国的曲牌。b在描绘夜晚的音乐之屋,灯光造就的金黄小窗随音乐抖动,灯光交织成的十字架,仿佛摇曳在黎明中。意味不言而喻,音乐给夜晚带来了黎明般的希望。

郑愁予的《错误》,是这种简易结构的典范。

我打江南走过 那等在季节里的容颜如莲 花的开落	⟶ a 的要点:我走过江南,她在等人归来。

东风不来,三月的柳絮 不飞 你的心如小小寂寞的城 恰若青石的街道向晚 跫音不响,三月的春帷 不揭 你的心是小小的窗扉紧掩	⟶ b 的要点:因思念,她把自己对外界封闭起来。

我达达的马蹄是美丽的 错误 我不是归人,是个过客……	⟶ a' 的要点:我走过江南,不是她等的归人。

第二节作为aba'结构的第二段b，不难理解。她因思念和盼望他的归来，洁身自好，将自己封闭起来。关键是，第三节的a'对第一节的a，改动轻微，却意味深长。整首诗在读到a'之前，读者都会以为"我"是她等待的归人，气氛铺陈到位，只等美丽的见面时刻揭晓。哪知a'语锋一转，点出"我"不是归人，只是过客。马蹄声与她等的归人的马蹄声相似而已，由此造成的错误，令高高扬起的期待落空。可见，a'的轻微改动多么重要，牵一发而激活了整首诗的意味。

再来讲另一种基本结构：对立结构。对立结构，就是在诗里存在着对立的双方a和b，诗要么呈现a与b的对立状态，要么呈现a与b的较量过程，任何结果均可接受。我们先来看第一种，呈现a与b的对立状态。为了直观，我仍先用绘画来说明。文艺复兴时期的大师卡拉瓦乔，画过两幅题材相同的画，内容都是表现圣马太在写《马太福音书》。因为圣马太是穷苦的收税人，一个未受过教育的泥腿子，他要写一本极富启发性的书，应该是相当困难的。所以，卡拉瓦乔为了真实地传递泥腿子写书的困难，就让天使来帮他。天使抓着他的手，指导他应该怎样写。这幅画就

圣马太（1598年）　　　　　**圣马太**（1600年）

［意大利］卡拉瓦乔　　　　　［意大利］卡拉瓦乔

含有对立的东西，即他的穷苦身份、未受教育的泥腿子的状况，与必须写出一部深具启示意义的书，形成了强烈的对立。卡拉瓦乔的画，对这一对立的状态，进行了生动的描绘，画得十分动人。卡拉瓦乔为教堂画完这幅画，教堂不要，教会认定这幅画有损于圣马太的神圣形象。后来卡拉瓦乔没有办法，又画了一幅，就把圣马太画成了教授。写书对教授来说不是难事，天使也就无事可干了，只能飞在空中看教授怎么写，教授已不需要她的帮助了。教堂对这幅画很满意。一旦把圣马太画成教授，画中的对立就消失了。所以，我们欣赏这两幅画时，会发现有对立的那幅，比没有对立的那幅更能打动人。

闻一多的《死水》，为什么也特别动人，当然你可以说主观意象写得好，诗意浓烈等。实则是诗里含有极致的对立，正是这种对立吸引着我们。诗里有什么样的对立呢？死水呈现给我们的就是秽物，正是这样的秽物形象，却被说成是翡翠、桃花、罗绮、云霞等珍宝。秽物和珍宝，构成了格格不入的对立。当有人把丑说成美，它们就形成了对立，这种对立产生的讽刺，就特别吸引人。所以，闻一多的《死水》含着丑与美的对立，通过逐一呈现视丑为美的对立性而写成，后三节只是对前两节的附和、说明。

> 这是一沟绝望的死水，
> 清风吹不起半点漪沦。　　垃圾
> 不如多扔些破铜烂铁，　　　↓
> 爽性泼你的剩菜残羹。
>
> 也许铜的要绿成翡翠，
> 铁罐上锈出几瓣桃花；　　珍宝

再让油腻织一层罗绮,

霉菌给他蒸出些云霞。

顾城的《远和近》中,也含着一种对立结构。

你看我时很远,　　　近→远

你看云时很近。　　　远→近

顾城的《一代人》,也采用了对立结构。

黑夜给了我黑色的眼睛

我却用它寻找光明　　　黑暗→光明

  第一行和第二行之间构成一种对立,因为按照"黑夜给了我黑色的眼睛"这种逻辑,诗人本应该消沉,第二行恰恰走向消沉的反面,"却用它寻找光明",走向积极的一面,令"我"不被黑夜束缚,不被黑夜影响,相信有光明且去寻找光明,所以,这两行就构成了一个对立,呈现出黑暗与光明的对立。洛尔迦有一首诗叫《啊咿》,如下:

喊声将一个柏树的影子
留在风里。

（让我在田野上
哭泣。）

世上的一切都已破碎
只剩下静寂。

（让我在田野上
哭泣。）

一堆堆篝火咬着地平线
它已将光明失去。

（我已经告诉你
让我在这田野上
哭泣。）

诗里也含着对立。他说喊声将柏树的影子留在风里，就是说柏树已经没有了，只有它的影子还在风里，让我在田野上哭泣。世上的一切都已破碎，只剩下寂静。就是说那个美好的世界已经走了，碎了，只剩下了寂静。这是什么意思？诗里存在着一个破碎的世界，与美好的世界对立。就是说，让诗人眷恋的美好世界已经走了，诗人的心是要跟着美好世界走的。但他的身体却被留在一个破碎世界，他只能无助地哭泣。他的心灵与身体分离了，构成了一种对立：已经过去的美好世界，与现存的破碎世界的对立。"一堆堆篝火咬着地平线/它已将光明失去"，本来篝火是有光明的，可是在诗人眼里，这些篝火只是咬着地平线，即便燃烧着，也已经不发光了，对这个世界已经失去影响，等于说它没有光了，把真正的光明失去了。这里面就含着光明世界和现在的不堪世界的对立，而我被遗留在现实世界，我的心灵却追随那个光明世界而去了。这首诗的结构，就是通过不停呈现这种对立状态来完成的。

第二种对立，就是呈现出对立双方的较量过程。我先给大家看一幅画，韩幹画的《照夜白》。他画的是一匹马，可以看到，马被束缚在一根木柱上。这匹马特有唐风，有一种桀骜不驯的个性，它虽然被拴在木柱上，却给人拴不住的感觉，好像这

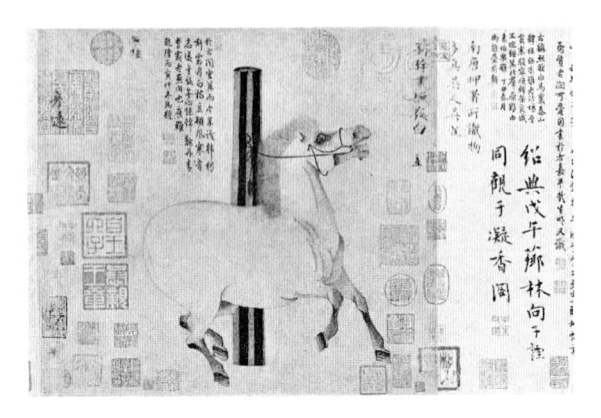

照夜白　［唐］韩幹

根木柱不足以把它拴住。我们能感到它那颗渴望奔驰的心，能感觉到它和木柱之间构成了一种较量。较量的结果会怎样呢？观者不一定认为这匹骏马会输。它体现出木柱对马的束缚，和马想摆脱它得到自由的矛盾对立。

我们再看里尔克的《豹——在巴黎动物园》，也可以看到，豹一直在和铁栅栏较量。它被铁栅栏包围，不停在里面转圈子，似乎一直在寻找逃生出口。它当然不会找到，但又始终没有放弃。转圈子的过程，就是它和铁栅栏较量的过程。里尔克也写了较量的结果，就是豹有时看到什么，心里会激起警觉、希望，但最后警觉、希望又在心里化为乌有。当然，这依然是暂时的结果，可以想象，豹不会放弃这场较量。这首诗的结构，就是通过呈现较量过程，来形成对立结构。正是较量中的对立，令这首诗特别动人。

双喜图　［宋］崔白

宋代画家崔白画的《双喜图》，也体现出对立双方的较量。他画的是一对灰喜鹊回巢，它俩看到鸟巢下方有一只兔子，就想把它赶走，拼命对着兔子大叫。兔子呢，被两只喜鹊叫得懵里懵懂，茫然地看着它们，并未挪动步子，与喜鹊形成对峙。兔子自身的样子，就是对立平衡的姿势：脑袋的朝向与身体的朝向正好相反，腹部向下脸向上。兔子面朝的方向，又与两只喜鹊朝它鸣叫的方向，构成迎面相接的对立。这种对立含有较量的过程，让观者感觉兔子与喜鹊的较量一直在持续，让画面显得特别有情趣。很多文艺作品，都会采用对立法来构造作品，来增强作品的张力。